내게 온 사람

내게 온 사람

펴 낸 날 2024년 3월 18일 초판 1쇄

지 은 이 윤지선, 배혜림, 전영신, 김태훈, 한송이, 강민정,
심훈철, 김 선, 정예슬, 지은정, 김성화, 박현수,
김설훈, 박명선, 박은선, 최유란, 김문영, 진향숙
펴 낸 이 박지민
책임편집 김정웅
책임미술 롬디
마 케 팅 박종천, 박지환

펴 낸 곳 모모북스
서울특별시 동대문구 왕산로81, 203-1호(두산베어스 타워)
전화 010-5297-8303 팩스 02-6013-8303
등록번호 2019년 03월 21일 제2019-000010호
e-mail pj1419@naver.com

ISBN 979-11-90408-52-3 03810

서로에게 운명처럼 '온' 선생님과 학생들이,
함께 만들어가는 '온'기 가득한 이야기

내게 온 사람

윤지선
배혜림
전영신
김태훈
한송이
강민정
심훈철
김 선
정예슬
지은정
김성화
박현수
김설훈
박명선
박은선
최유란
김문영
진향숙

모모북스

프롤로그

내게 온(on) 사람

내게 온 사람의 '온'은 온기.

또 다른 '온'은 다가오다.

마지막 '온'은 ON, OFF의 ON으로

어두운 밤 작은 움직임으로도 환한 빛을 켜는 'ON'을 의미합니다.

우리 세상은 수많은 생명들의 작은 온기!

그들이 나누는 사랑의 속삭임으로 따스합니다.

날개를 숨긴 작은 천사들

그들을 지키는 슈퍼맨과 슈퍼우먼

모두 평범한 얼굴로 존재하는 우리들이지만

우리는 모두 작은 영웅들입니다.

오늘을 힘차게 살아내고 서로를 지키며

무거운 지구의 무게를 감당한 당신이 바로 영웅이지요.

여기 아이들을 사랑하고

가르치는 일을 사랑하는 또 다른 영웅들이 모였습니다.

가르치며 꿈꾸고 꿈꾸는 일을 가르침으로 삼은

우리 교사들의 살아있는 이야기가 있습니다.

우리들의 이야기를 읽으며

에너지를 충전 ON 하시길 바랍니다.

사랑이 필요한 순간

사랑을 나누고 싶은 순간

내 안의 어린아이와 만나고 싶은 순간

내 안의 어린아이를 꼬옥 안아주고 싶은 순간

우리가 쓴 『내게 온 사람』이

큰 위로와 울림을 줄 것이라 생각합니다.

여러분의 모든 날에

온기가 함께하길 소망합니다.

2024년 전국교사작가협회 '책쓰샘' 윤지선

목차

2부

희망

3부

사랑

1부

위로

윤지선

•
•

나는 다만 내게 주어진 길을 묵묵히 가고 있다.

별을 노래하는 마음으로 모든 죽어 가는 것을 사랑했던 윤동주 시인처럼…

오늘 밤 바람에 스치우는 별을 보며

눈이 예쁜 선의의 아이들을 생각한다.

안부

윤지선

눈이 부시도록 꽉 찬 설렘과 기대
누군가에겐 생애 더 이상 마주하고 싶지 않은 계절로 다가왔을
초봄의 어느 날

둔탁한 무언가가 떨어졌다.
드러머의 마지막 피날레인가
쿵… 믿기지 않을 만큼 차갑고 큰 소리
이것은 비상이었을까?
추락이었을까?

휴대폰이 연신 울린다.
10년 동안 내가 알지 못했던 그녀에 대한 각종 정보가
약속한 듯 쏟아져 나온다.

아이가 둘이며

남편이 있으나

사이가 좋지 않았다…

수많은 아파트의 안테나들이 돌아가고 있다.

그러나 끝내 그녀를 직접 아는 사람을 찾아내지는 못했다.

그녀는 육아하기 가장 좋다는

시끌벅적한 놀이터를 자랑하는 이곳에서

이방인으로 살아온 듯하다.

"내가 모를 수가 없는데…."

그래 내가 모르는 아이 엄마는 있을 수 없다.

아침부터 밤까지

놀이터를

스톱모션으로 기억하는 나에게

걸리지 않을 피사체는 지난 10년간 없었다.

그럼 그녀는 누구였을까?

최초의 스톱모션 영화 〈달세계 여행*A Trip to the Moon*〉(1902)처럼
그녀는 우주 어딘가에서 툭 튀어나와
또다시 그 어딘가로 사라진 걸까.

아이의 손을 잡고
등교하는 길
무심히도 그녀의 마지막 흔적 위를 걷는다.
그녀가 떠난 지 1년
아직도 나는 그녀가 누구였는지 모른다.
그저 그날 "쿵" 마지막 소음으로 존재를 알렸던
그녀의 간절함만 마음에 담고 있다.

내가 그녀의 우울을 감지하고 차 한잔 나누었더라면
그녀는 아이들의 등교 시간에 그 높은 곳으로
올라가는 선택은 하지 않았을까?

인생의 순간순간에
나도 그녀였던 적이 있었다.
실행력과 용기 부족이 날 여기까지 데리고 왔지만

아파트의 수많은 안테나들도
알고 있었다.
어쩌면 우리일 수도 있었던 그날의 그녀를

신이 아닌 인간이
신의 영역을 탐해
생명을 잉태하고
키워내는 일이
인간을 얼마나 높고 날카로운 시험대에 세우는 일인지를
매일 마주하였겠지
생존을 위해 질겅질겅 음식을 씹어 삼키고
젊음의 월계관을 내려놓은 채
엄마로의 숙명을 받아들여야 하는 일
때론 환희로 때론 좌절로 인간이 맛볼 수 있는
천국과 지옥을 경험하게 하는 육아와 고된 싸움을 했겠지

30년간 타인이었던 누군가와
가정을 꾸리며 어린 자아와 어른의 역할 사이에서
매일의 끼니를 걱정해야 하는 삶에서 도피하고 싶었겠지

이 모든 것이 그녀를 외롭고 처절하게
추락하게 했을까?
어쩌면 먼 하늘로 비상한 그녀는
지금 행복한 미소를 짓고 있을까?

23년 1월
나는 내 아이들과 필리핀살이에 나섰다.
상냥하게 반겨주는 물기 없이 건조한 바람과
무심한 듯 웰컴 사인을 흔드는 사람들 속으로
나 또한 건조하게 들어갔다.

매일 새벽이면 울어대는 닭들과
존재를 자랑하며 짖어대는 개들
익숙해지지 않을 것 같은 소음과
담장을 사이에 둔 민가에서 매일 터져 나오는 노랫소리
쥐와 고양이가 매일 벌이는 사투를
비자발적으로 즐겨야 하는 일상
작은 기숙사 방에서 아이들과 고군분투하는 일상이 시작되었다.

내 아이들은 수업이 끝나면 수영장에 뛰어들었고

밤이면 도마뱀과 주먹만 한 달팽이를 잡았다.

내 마음은 고요했고
누구도 나에게 잘못하지 않은 일에 대해 탓하지 않았으며
너는 어른이고 선생이니 책임지고
무언가와 누군가를 끌고 가라고
채찍질하지 않았다.
그것만으로도 내 마음은 살랑였다.
우울하지 않았고 가슴이 답답하지도 않았다.

2022학년도는 코로나의 직격탄을 맞고
1학년에 입학한 아이들이 3학년이 되는 해였다.
마스크와 40cm 남짓 책상에 쳐진 가림막 속에서 2년간
누군가가 화났을 때 미세하게 떨리는 입꼬리나 붉어지는 볼.
행복한 누군가의 잔잔한 미소와 목젖이 드러나도록 웃는
호탕한 웃음을
본 적 없는 아이들이었다.
나는 3학년 담임이 되었다.
나는 이 아이들을 들판의 꽃처럼 사랑하리라 다짐했다.
바람에 이리저리 흔들리지만

서로의 어깨에 기대는 들풀처럼
자유롭고 평안하게 지도하리라 마음먹었다.
봄, 여름, 가을, 겨울 사계절을 온전히 느끼게 해주고 싶었다.
아직은 마스크 필터로 숨을 내쉬었지만 아카시아처럼
향긋한 안락함만 주고 싶었다.

하지만 언제나 계획은 계획일 뿐이다.
이 아이들은 1학년 때 배워야 할 기초 기본 생활습관을
배우지 못한 몸집만 큰 1학년이었다.
1, 2학년 2년 동안 온라인으로 수업하고
짝, 홀수로 학교에 나왔으니
40분을 오롯이 앉아 수업하는 건 꽤 힘들었을 것이다.
친구를 때리고 친구의 물건을 훔치고
인정하지 않는 아이와 부모들,
어른에게 예의 없게 대해도 아동학대 오해를 받을까
적극적으로 지도할 수 없는 현실은
내게 상당한 무력감을 주었다.

하지만… '소명의식'으로
꽃으로도 때리지 않기 위해 노력했다.

출근 전이든 퇴근 이후든
학부모의 상담 전화에 성실히 응대했다.
내 아이를 방치하고
늦은 밤까지 상담 전화를 한 적도 한두 번이 아니다.

이제는 나보다 어린 학부모들이 많아졌고
그들을 상대하는 건 어렵고도 쉬웠다.
아이에게 문제가 있을 때 10개 중 1개만 사실을 말했다.
9개는 단점을 장점으로 승화해서 돌려 말하거나
당신의 아이는 아직 어리니
피어날 준비를 하는 꽃과 같다며 장점만 나열했다.
성장하는 아이에게는 채찍보다는 당근이 훨씬 훌륭하다.

어느 날 아이들 시험지를 채점하는데 교실로 전화가 왔다.
"선생님 때문에 우리 아이가 전학을 가고 싶대요. 저희 아이에게
삿대질하셨다면서요?"
과연 3학년 아이가 '삿대질'이라는
40대 중반의 교사도 구어체로 써 본 적 없는 단어로
괴로움을 토로했을까?

"어머님… 저는 그런 일이 없습니다. 저는 평생 누구에게도 '삿대질'을 한 적 없습니다. 오해가…"
수화기 너머의 흥분한 상대는 내 말을 듣지 않는 것 같았다.
마음속이 서늘해졌다.
따뜻한 봄날이었지만 마음은 건조하고 푸석해졌다.

3학년 합동 체육을 하는 시간. 우리 반 금쪽이가 사라졌다.
반장, 부반장에게 화장실을 둘러보고 오라 했고
땀 범벅이 된 아이들은 금쪽이를 찾아내지 못했다.
보건실, 도서실…
어디에도 아이는 없었다.

금쪽이는 1층 남자 화장실에서 애타게 부르는 소리에도
모르쇠로 숨어 있었다.
놀란 마음을 진정하고 어서 나오라고 하자
휴지가 필요하다고 했다.
휴지를 넣어주고 친구들이 기다리니
선생님은 먼저 가보겠다고 했다.

아이는 수업 내내 나타나지 않았다.

헐레벌떡 다시 화장실에 갔더니
아이는 깜짝 놀라 휴대폰을 등 뒤로 숨겼다.
얼마 전에도 5교시 수업에 들어오지 않고
화장실에서 휴대폰을 봤던 아이라 부모님께 전화를 드렸다.
어머니는 바쁘시다 해서 아버지와 밤늦게까지 통화했다.
다음 날 아이는 꽃을 그리고 카드를 써 왔다.
스승의 날 즈음이었다.
어머니는 아이를 혼내지 않겠다고,
아이의 긍정적인 면만 봐달라며 장문의 메시지를 보내셨다.

그 이후 아이는 도구를 만들어 내 사물함을 뜯으려 했고
친구의 물건을 훔쳐 본인의 가방에 숨겨 놓았다.
급식에서 맛있는 디저트가 나오면 몇 개씩 숨겼다.
교실에서 약한 친구에게는 비아냥대고 무시하면서
강한 친구가 뭐라고 하면 어머니께 일렀다.

어느 날은 금쪽이가 체육 시간에 게임에서 졌다고 내내 울어서
반 친구와 내가 달래준 적이 있었다.
금쪽이는 반 친구에게 짜증 나니까
위로하지 말라며 버럭 화를 냈다.

나는 누구나 이기고 질 수 있으니 너무 마음 쓰지 말라고,
친구도 위로해 주려고 한 거니
마음을 편안하게 했으면 좋겠다며 위로했다.

이 아이를 버릴 것인가. 끌고 갈 것인가…
나는 어머니와 상담을 요청했고…
돌아온 답은 '교장실 민원'이었다.

학년 초부터 일주일에 평균 1.5회 전화했고
단점만 말한다는 이유였다.
금쪽이는 일주일에 1.5회 이상을 지각했기에
등교 여부를 묻는 전화였고
시도 때도 없이 어머니가 전화했기 때문에
우리는 자주 통화했다.
더 속상했던 것은 나보다 10살이나 어린…
인연이 없었을 사람이
내가 교사라는 이유로 날 재단하고 모욕하는 것이다.
"교장실에 전화하겠다."를 무기처럼 사용하며
내가 무슨 말을 하면 "어쩔 수 없죠."라며
다음 행동을 예고했다.

사랑이 많은 교사였던 나는
누구를 사랑해야 할지
사랑은 어떻게 해야 하는지 방향을 잃었다.
나는 내 아이를 사랑하기에 아이가 잘못하면 좋게 타일렀다.
교사로서도 그렇게 하는 게 사랑이라 생각했다.
집에 있는 엄마보다 교사가 얼굴을 더 오래 보는 사이니까.
나는 학교에 있는 엄마라고 생각했다.
아들이나 아드님, 딸, 따님이라는 표현도 썼다.

하지만 무고성 민원에 내 정신은 너무 지쳐갔다.
무고성 학부모 민원은
나를 봄날 외롭게 높은 곳으로 올라간 그녀를 떠올리게 했다.
앞으로 내가 얼마나 더 교사라는 이름으로
교단에 설지 모르겠지만
또 다른 금쪽이 엄마를 만날까 움츠러든다.

눈을 흐리게 뜨고 영혼 없는 교육자가 되어야 할지
삐끗해서 아동학대 가해자가 될지
앞으로 나는 어떤 교사가 될까?
교직 23년 난 어리숙하지도 어리지도 않다.

교사라는 이유로 품어야 할 것들이 많다는 건 안다.

더 품다가 폭발할 것 같아 올해 휴직을 했다.
의미 없이 바람을 맞으며 하늘만 올려다보기도 하고
소파와 한 몸이 되어서 내내 잠만 자기도 했다.
유행하는 드라마는 모두 섭렵해 보고 독서 모임도,
책 쓰기도 쉬지 않고 한다.

나는 다만 내게 주어진 길을 묵묵히 가고 있다.
별을 노래하는 마음으로 모든 죽어 가는 것을 사랑했던
윤동주 시인처럼…
오늘 밤 바람에 스치우는 별을 보며
눈이 예쁜 선의의 아이들을 생각한다.

전영신

•
•

학교는 나를 만든 세계다.

그리고 그 세계에는 언제나 아이들이 있다.

아이들이 원하는 게 '내 편'이라면

나는 기꺼이 그들의 편이 되어주겠다.

옳은 말이 아니라 너른 품으로

전영신

여름이었다.

흰 블라우스에 분홍색 스커트를 입은 날이었다.

새로 산 긴 귀걸이를 하고 있었다.

내가 그날의 옷차림을 정확히 기억하는 이유는

해사했던 내 옷차림과

그날의 내 어두운 마음이 대비되기 때문이다.

급식실에서 밥을 먹고 있는데

맞은편에 앉아 있던 옆 반 남자아이들 몇 명이 나를 보며

쿡쿡 웃는다.

눈이 마주치면 씨익 웃는 웃음이 아니라

비어져 나오는 웃음을 애써 감추려는 그런 표정이다.

처음 보는 장면이었고
보자마자 뒤에서 무슨 일이 벌어지고 있다는 직감이 들었다.
뒤를 돌아보았다.

평소 짓궂기로 소문난 옆 반 남자아이 하나가 내 뒤에서
춤을 추고 있었다.
두 손을 펴서 앞으로 쭉 뻗고
손과 엉덩이를 동시에 시계방향으로 돌리면서.
순간 참을 수 없는 모멸감을 느꼈다.
'그냥 그런가 보다.' 하고 넘어가지지 않았다.

당장에라도 혼내고 싶었지만 그러지 않았다.
즐겁게 밥을 먹고 있는 많은 아이들과 선생님들의 시선을
끌고 싶지 않았다.
최대한 감정을 누르고 내 딴에는 품위 있게 말했다.
"밥 먹고 이따 상담실에서 얘기 좀 하자."

상담실에서 아이를 기다렸다.
그때까지만 해도 몰랐다.
이 아이와의 대화가 내 교직 인생에 가져올 변화를 말이다.

어떤 대화가 오고 갔는지 정확히 기억나지 않는다.
나의 주장과 아이의 주장이 팽팽히 맞섰다.
나는 "어떻게 어른한테 그럴 수가 있냐?" 기막혀했고
아이는 "대체 내 춤이 왜 선생님 기분을 나쁘게 했는지 모르겠다."
며 답답해했다.
결국 나도 그 아이도 감정 조절 기능을 상실했다.
내가 큰 소리를 내면 아이는 더 큰 소리를 냈다.
더 이상 아이가 아이로 느껴지지 않았다.
무서웠다.

그 상황이 어떻게 종료되었는지도 잘 기억나지 않는다.
그 일 이후 내 머릿속에 가장 선명하게 떠오르는 장면은
우리 집 거실이다.

당시 딸아이는 다섯 살이었다.
무엇을 해도 엄마가 옆에 있어야 하는 나이.
평소라면 퇴근 후 아이 옆에서
장난감 햄버거를 굽고 인형의 머리를 빗고 있었을 것이다.
그날은 앉아 있는 아이 옆에 누웠다.
아이가 뭐라고 하는지 들리지 않았다.

머리를 받치고 있던 소파 쿠션이
다 젖도록 눈물이 흘러내렸다.

엉덩이를 흔드는 춤이 아니라
내 뒤에서 내 머리 위에 브이를 갖다 댔다면 좀 나았을까.
머리 위 브이는 많은 사람들이 하는 행동이고
그러니 충분히 예측 가능하다.

그 춤은 나를 조롱하는 것만 같았다.
그건 그렇게 생각해야지 마음먹는 게 아니다.
보는 순간 그렇게 느껴지는 거다.

옆 반 아이가 아니라 우리 반 아이였다면 좀 나았을까.
충분히 관계 형성이 되어 있으니
그 정도는 쉽게 장난처럼 받아들여졌을까.

아니다.
우리 반 아이였다면 내 뒤에서 그런 행동을 하지 않았을 거다.
그건 교사로서 확신할 수 있다.

혼자 역할 놀이를 하는 딸아이 옆에 누워
나는 괴로움으로 헤맸다.
내 감정의 실체를 알아야 했다.
그 아이를 원망하는 걸까?
내 행동을 후회하는 걸까?
내내 마음이 시끄러웠다.
시간이 지나도 나아지지 않았다.

벌떡 일어났다.
우선은 마음부터 치료해야 했다.
급하게 집 근처 정신건강의학과를 찾았다.
그대로는 잠을 못 잘 것 같았다.
접수를 하고 내 순서를 기다리면
의사를 만나는 줄 알았는데
아니었다.
사전 검사지와 함께 빈방으로 들어갔다.
셀 수 없이 많은 문항에 답을 하느라 진이 빠졌다.
마음이 병든 환자를 더 환자로 만드는 문항들이었다.

드디어 의사를 만났다.

있었던 일을 담담하게 들려주었다.
내 마음은 전혀 담담하지 않았는데
처음 보는 낯선 사람 앞에서는 감정이 누그러들었다.
그런데 의사의 처방을 듣는 순간

내 감정은 다시 날뛰었다.
아이를 이해하라고 했다.
당신은 어른이고 상대는 아이이니,
나더러 이해하라고 했다.

이해할 수 없어 괴로웠고
그래서 찾아온 사람에게 이해하라니.
조금도 도움이 되지 않았다.
병원에서 받아온 알약은 모두 쓰레기통에 던져버렸다.

평소 정신건강의학과에 대한 편견은 없었다.
감기에 걸리면 병원에 가듯 마음이 아프면
병원에 가서 전문가의 도움을 받는 게 현명하다 여겼다.
마음이 아픈 건 부끄러운 게 아니니까.
그런데 막상 내 일이 되고 보니 이야기가 달라졌다.

누가 약 봉투를 보기라도 할까 봐
쓰레기통 깊숙이 찔러넣었다.

아이를 이해하라는 의사의 한마디가
졸지에 나를 '아이를 이해하지 못하는 이상한 교사'로
만들어 버린 기분이었다.
다른 능력은 다 부족해도
아이를 이해하고 사랑하는 능력만큼은
흘러넘친다고 자부했던 나다.
나는 나를 잘못 알고 있었던 걸까.

일상에 집중하기 어려웠다.
마음이 엉망이니 머릿속이 뒤죽박죽 엉켰다.
무엇보다 두려웠다.
복도에서 그 아이와 마주칠까 봐 화장실에 가지 못했다.
교실에 있으면서도
복도에서 그 아이의 목소리가 들려오면
고개를 깊숙이 파묻었다.
악몽은 좀처럼 끝나지 않았다.

결국 그 아이 담임선생님께 도움을 청했다.
사건의 전후 사정을 전해 들은 아이의 어머님은
이모님과 함께 학교에 찾아왔다.
나는 그 괴로운 이야기를 다시 처음부터 시작해야 했다.

어머님은 이야기를 들으면서
연신 아이에게 사실이냐고 물었다.
나는 이야기를 하며 울음도 같이 토해냈다.
나는 왜 그토록 힘들었을까.

사실 교사라면 누구나 공감하겠지만
위기의 순간은 종종 있다.

힘든 교직 생활을 꿋꿋하게 버틴 힘,
그건 나 스스로에 대한 믿음이다.
'나는 꽤 괜찮은 교사'라는 믿음이 있었기에 견딘 거다.

그런데 그 믿음이 무너졌다.
아이에게 놀림의 대상이 되고,
서로 큰소리를 내고,

밤마다 눈물을 흘리는 내가 참 볼품없었다.

내 이야기를 끝까지 들은 아이의 어머님과 이모님은
내게 진심으로 사과했다.

아이를 잘 키우는 게 너무 어렵다고 했다.
노력한 만큼 되지 않는다고 했다.
다시 울음이 터져 나왔다.

이번에는 조금 다른 의미의 울음이었다.
정신과 전문의도, 교권보호위원회도 나를 돕지 못했는데
부모의 진심 어린 한마디가 나를 살렸다.

하지만 그날의 고통은 지금도 쉬이 잊히지 않는다.
또 그런 상황이 올까 두렵다.
마음속에 미움과 두려움을 품고 얼굴은 웃으면서
다른 아이를 대하는 일도,
거리에서 그 아이와 뒤통수가 닮은 사람만 봐도
움찔하며 물러나는 일도 못할 짓이다.

좋은 사람을 이야기하고 싶었다.
처음 이 글을 쓰기로 마음먹었을 때
따뜻하고 아름다운 이야기를 써내고 싶었다.
내 가능성을 믿어주었던 교장선생님,
긴 시간 믿고 따랐던 부장님,
내 두 손을 꼭 잡고
일 년 동안 정말 감사했다고 말해주신 학부모님,
넘치는 에너지와 순수함으로 나를 들뜨게 했던 아이들까지.

그러나 나는 이 이야기를 써야 했다.
내 안에 아직 남아 있는 두려움을 직면해야 했다.
당시에도 나보다 키가 한 뼘은 더 컸던 아이를
시간이 흐른 후에 다시 만날까
나는 여전히 두려웠다.

상처가 부끄러워 꽁꽁 감쌌다.
누구에게도 쉽게 털어놓지 못했다.
다시 생각해 보니 그 아이도 아팠겠구나.
더 생각해 보니 그 아이의 부모는 더 아팠겠구나.
가르치는 대로 성장하는 제자는 있어도

가르치는 대로 자라는 자식은 많지 않음을 이제 나는 안다.

자식을 학교에 보내고서야 나는 깨달았다.
교사에게 잘 가르치는 것만큼이나 중요한 덕목이 있음을.
그건 아이를 품어 안아주는 것이다.
모난 아이도, 부족한 아이도, 느린 아이도 끌어안을
너른 품이 있는 교사 곁에서 아이들은 더 많이 성장한다.
내가 그때 그 아이를 조금 품어주었더라면
이야기의 결말이 달라졌을지도 모르겠다.

옳은 말이 아니라
너른 품으로.

아홉 살 딸아이에게 물었다.
"어떤 선생님이 제일 좋아?"
아이는 오래 고민하지 않았다.
"내 편 들어주는 선생님."

아이의 미숙함을 이해하는 따뜻한 말 한마디.
"네 나이에는 그럴 수 있지. 조금씩 배워가면 되지."

아이의 성장을 응원하는 다정한 눈빛.
'앞으로 더 잘할 거야. 선생님은 알아.'
그 두 가지면 충분하다.

학교는 나를 만든 세계다.
그리고 그 세계에는 언제나 아이들이 있다.
아이들이 원하는 게 '내 편'이라면
나는 기꺼이 그들의 편이 되어주겠다.

김태훈

학생들이 행복하기 위해서는 선생님이 행복해야 한다.

행복은 전염되는 거니까.

오늘도 행복하게 살려고 한다.

해피 바이러스가 필요하다.

내가 만난 학생과 학부모, 교직원 내게

김태훈

내가 만난 학생: 오토바이를 타고 나타난 만수

어떤 사람을 만나느냐에 따라 인생이 달라진다.
꼭 그렇지 않을 수도 있지만 대체로 그렇다.
지금 변하지 않더라도 조금씩 변할 수 있다.

그 사람을 알아보려면 주변을 알아보면 된다.
긍정적이고 힘찬 이들이 많은 사람이 있는가 하면
반대의 경우도 있다.

내가 생각하기 나름이다.
사람들은 일을 할 때에도 관계 속에서 일을 해야 한다.
다른 사람과 소통하고 공감해야 한다.

다른 사람의 생각과 나의 생각이 언제나 같을 수는 없다.
생각의 다름을 인정하고 서로를 존중해 줄 때를 소통이라고 한다.

자신의 이야기만 들어주기를 원하는 사람들이 있다.
회의를 할 때에도 답을 정해두고 회의를 진행하는 사람들이 있다.
이런 상황을 고집이라고 부른다.
아니 아집이라는 표현이 더 어울릴지도 모른다.

작년 12월이었다.
갑자기 페이스북 메신저를 통해 전화가 걸려왔다.
2016년에 내가 담임했던 '만수'였다.
"선생님 잘 계십니까?"
조금 이따 커피를 사 가지고 온다고 했다.
같은 교무실에 네 분의 선생님이 계신다고 귀띔해 주었다.

잠시 후 만수가 학교로 들어왔다.
'굉음을 내는 오토바이'와 함께다.
교장실 앞 중앙 현관 앞에 주차를 떡하니 하고 들어왔다.

"지금 우리 학교 학생이 아닌 아이가 3층으로 올라갔어요."
오토바이를 중앙 현관에 세우면 어떻게 하냐고 물었다.
"졸업생이 담임선생님 만나러 왔는데 뭐가 문제입니까, 선생님."

만수가 사 온 꽤 비싼 브랜드 커피를 마시며 이야기를 했다.
"잘 지내셨죠?"
그 이후로 학생부를 빠져나가지 못하고 있다고 했다.
만수는 고등학교 때부터 문신이 있었다.
19명의 아이들 중 온몸에 문신이 있는 학생이
5명 정도 있었는데 그중 한 명이었다.
술과 담배에 찌든 일상을 살아가며 수업은 뒷전이었다.

이야기를 나누다 보니 학생들 몇 명이 들어왔다가 문을 닫고 나가버렸다.
온몸에 문신을 한 아저씨와 학생부장이
이야기하고 있으니 말이다.

이야기 도중 교생 선생님 이야기가 나왔다.
학창 시절 만수와 다른 한 친구가 교생 선생님을 양쪽에서 이끌고 교실로 들어갔다.

"잠깐 이야기 좀 합시다!"
교생 선생님이 갑자기 울기 시작했다.
"왜 그런 행동을 했지?"
"교생 선생님하고 이야기를 하고 싶었어요."
만수는 다른 의도가 아니라 단순히 이야기를 하고 싶었던 것이다.

만수 같은 겉으로 무서워 보이는 친구들도
내면은 여리고 순수한 경우가 많다.
다른 사람과 소통하는 방법이 거칠고 투박할 따름이다.
겉모습과 행동만 보고 사람을 판단하는 것은 옳지 않다.

같은 사물을 보더라도 생각하는 게 다른 경우가 대부분이다.
열 명이 모이면 의견이 비슷한 경우는 있어도
정확히 같은 경우는 없다.
서로 다른 사람들이 모여 사회를 구성한다.
다수가 항상 합리적이고 옳은 것은 아니다.
다수의 횡포라는 말의 의미를 생각해봐야 한다.

개인의 감정과 경험에 의해 의견이 달라지는 것에 관한
고민이 있어야 한다.

소수의 의견이 반드시 틀린 것은 아니다.
생각이 다른 것이지 틀린 것은 아니다.
세상에 틀린 생각은 없다.

진심으로 공감하면 소통이 이루어질 수 있다.

내가 만난 학부모: 임연수 주세요

유튜브 라이브 방송으로 학교폭력과 관련한 상담을 진행했다.
고등학생과 중학생 자매를 둔 학부모님이 들어왔다.
언니가 SNS에서 괴롭힘 당하는 동생을 도와주었다.
동생은 학폭 피해 학생이 되었다.
동생을 도운 언니가 학폭 가해 학생이 되었다.
구체적인 피해의 내용이나 오고 간 사안의 전말은 정확히 알 수 없다.
학부모님은 학교의 처리 과정이 마음에 들지 않는다고 했다.

교직 생활을 시작한 지 만으로 17여 년이 되어가고 있다.
학교 현장에는 학부모님의 도움이 필요한 과정이 많다.
학생, 학부모, 교직원을 교육 3주체로 부르기도 한다.
학교 일에 협조적인 분을 만나면 큰 도움이 된다.
불만이 있는 학부모는 교사를 대상으로 민원을 넣기도 한다.

임연수는 사람 이름 같은 생선이다.
입맛이 없을 때 밥반찬으로 더할 나위 없이 좋은 생선이다.
임연수는 사람 이름이기도 하다.

학생부장 5년 동안 2년을 도와주신 분이다.
관내에서 학교폭력 사안이 가장 많은 학교에서 근무할 때
늘 도와주셨다.

요즘 학생이나 학부모의 민원으로 학교생활에 어려움을 겪는 교사들이 많다.
내 자녀만 소중하다는 생각보다
다른 아이들도 생각해야 한다.

교사들이 여러 학생들을 지도하다 보면
약간의 실수가 있을 수도 있다.
이런 실수는 반복하지 않도록 알려주고
도움을 주면 된다.

동료 교사의 입장에서 도움을 주어도 좋다.
학부모의 의견을 그대로 직접 전달하면 감정이 상할 수도 있다.

이들을 어떻게 도울 수 있을까?

첫 번째로 학생들을 위한 지원 방안을 찾아야 한다.
자녀 학업성취의 가장 큰 조력자는 학부모이다.
보호자의 역할도 중요하다.
교사와 동반자적인 관계를 형성하고 유지하는 것도
중요한 일이다.
자녀에게 다양한 경험을 할 수 있도록 지원하고 있음을 안내
한다.

두 번째로 교육의 주체임을 인식할 수 있는 계기가 필요하다.
학교의 행사나 축제를 진행할 때에도 참여할 수 있는 기회를
제공한다.
학부모가 주체적으로 참석할 수 있는 기회를 제공한다.
주인의식을 가지고 학교 일에 적극 참여 가능해야 한다.

세 번째로 학부모 주도적으로 움직일 수 있도록 한다.
강제로 시켜서 하는 일을 하고 싶지 않다.
모든 사람은 누가 시켜서 일을 하면 하기 싫은 경우가 대부분이다.
학부모가 주도적으로 참여할 수 있도록 기회를 제공한다.

내가 만난 교직원: 교육의 전문가는 교사

한 학교에 오래 있다 보면 생각이 경직되기 쉽다.
주기적으로 옮기는 것도 하나의 방법이다.
고인 물은 썩는다는 말이 있다.

남 탓을 하기 시작하는 시기가 떠나야 할 시기이다.
나에게 환경을 맞추려고 하는 때이기 때문이다.
아쉬운 작별을 하고 다음을 기약하는 것이 좋다.

정년을 앞두고 사람 관리에 신경을 쓰는 사람이 있다.
그런가 하면 일에만 신경 쓰는 사람도 있다.
독단적으로 일을 처리하는 사람이 있는가 하면
일을 투명하게 하려는 사람도 있다.
이야기를 듣기만 하는 사람이 있는가 하면
말하기만 좋아하는 사람도 있다.
사람의 성향 차이는 분명 존재한다.

친했던 사람이 장학사로 가더니
몇 년 뒤 교감 선생님이 되어 나타났다.

교사라면 누구나 느낄 것이다.
교감이나 교장이 되어 다시 만나면 그전과는 무언가 다르다.

이상하게
승진 연수만 받고 오면 누구나 다 똑같아진다.
교직원 모두를 위한 일이라고 이야기하면서
독단적으로 의사결정을 한다.
갑자기 사회를 보고 지휘를 한다.
그렇지 않은 사람도 있기도 하다.

교장은
무소불위의 권력을 쥐고 있는 사람이라고 생각했던 적이 있다.

그 생각을 깰 수 있도록 도움을 주신 분이 계신다.
늘 인사하시던 교장 선생님이 있었다.

매일 같이 교무실을 돌아다니면서 인사하셨다.
"안녕하세요. 오늘도 우리 학생들 잘 부탁드립니다."
아침뿐 아니라 퇴근 시간에도
교무실을 다니면서 인사하셨다.

"오늘도 우리 학생들 가르치느라 고생 많으셨습니다. 안녕히 돌아가세요."
교직원들의 생일이면 손수 편지를 써주시기도 하는 따뜻한 분이었다.
가끔 연락드리는데 또랑또랑한 목소리는 여전하시다.
관리자도 따뜻할 수 있구나를 깨닫게 해주신 분이다.

모든 사람을 떠나게 만드는 재주를 가진 교장 선생님도 있다.
학교 앞에 집이 있음에도
1~2시간 거리의 학교로 떠나는 선생님들이 줄을 잇는다.

중요한 건 본인은 사람들이 떠나는 이유를 모른다.
조언을 하는 사람들에게 험담을 선물한다.
주변에는 승진하고픈 간신들만 가득하다.
이런 관리자는 한순간도 같은 공간에 있고 싶지 않다.

교육 현장의 전문가는 교사이다.
관리자나 장학사는 교사의 교육 활동을 도와주어야 한다.
학교 행정은 교육 활동을 위한 것이어야 한다.
본인들의 안위나 승진을 위한 발판으로

교사의 교육 활동을 이용해서는 안 된다.
미래 사회의 아이들을 위해 적극적으로 도움을 줄 수 있어야 한다.

작년에 전문직에 도전한 적이 있다.
전문직은 장학사나 교육연구사로 하는 일이 변경된다.

그런데 왜 그들이 전문직일까?
학교 현장의 전문가는 교사인데 말이다.
수업 시간에 어떤 일이 벌어지고 있는지 아는가?
학생에게 조언이라도 할라치면
어떤 민원이 들어오는지 아는가?
당해보지 않은 사람은 모른다.
교육 현장의 전문가는 교사이다.
장학사나 교육연구사도 행정가일 뿐이다.
현장의 교육을 도와주어야 한다.

한동안 학교폭력 이슈가 있었다.
매번 이런 이야기가 나올 때마다
학교폭력을 근절한다고 한다.

여론전을 펼쳐봐야 교육 현장에 도움 되는 것은 없다.
업무 담당자에게 고충만 더하는 정책만 쏟아낼 뿐이다.

교사의 입장에서 생각해 보자.
학생이 필요한 것은 무엇일지 생각해 보자.

학생들이 행복하기 위해서는 선생님이 행복해야 한다.

행복은 전염되는 거니까.
오늘도 행복하게 살려고 한다.

해피 바이러스가 필요하다.

한송이

이제는 너도 자신의 삶을 개척하는 어엿한 성인이 되었겠지?

아버지의 그늘에서 벗어날 수 있기를.

어른이 되어서 가치관을 바르게 하고 자신의 삶을 반듯하게 살 수 있기를

계속 기도할게.

더 글로리

한송이

머리를 긁으며 터벅터벅 들어온 더벅머리 남자애는
눈이 크고 인상이 강했다.
아, 저 아이인가?
며칠 전 후배가 나에게 오더니 작은 소리로 속삭였다.

"언니, 그거 알아? K가 언니 반이라며… 세상에."
"어, K가 누군데?"
"아이구, 모르는구나. 걔 6학년 중에 일당백이야. 마음 독하게 먹어."

3월 첫날은 아이들도 긴장되지만
사실 교사가 더 긴장되어 숨 고르기를 한다.
1교시 지나자 아이들이 웅성거리기 시작했다.

"선생님, K가 5층에서 창문 밖으로 우유를 던졌어요."
부리나케 창가로 다가가 보니
우유가 처참하게 바닥에 터져있었다.

5일 후 '퍽' 소리가 나더니 학생들이 나를 급하게 불렀다.
3월 첫 주인데 싸움이 붙었다는 것이다.
아이들을 헤치고 확인해 보니 A와 K의 몸싸움이었다.
자초지종을 듣고 몸싸움은 절대 안 된다고 주의를 주었다.
3월 첫 주에 발생할 수 있는 사건인 건가?

* *

4월 말, 팝스를 시행해서 달리기, 지구력이나 유연성을 검사한다.
4교시에 학급 아이들과 강당에 가서
달리기를 연습하고 있는데,
갑자기 K가 팝스를 거부했다.

"제가 이걸 왜 해요?"
당돌한 질문이었다.
체력장을 안 하겠다는 사고방식이 당황스러웠다.

"이건 이번 주까지 검사를 완료해야 하니까 특별히 아프지 않으면 팝스를 합니다."

K는 비웃으며 자리를 박차고 강당을 나갔다.

남자아이들의 웅성거림과 눈빛 교환이 느껴졌다.

"선생님 왜 쟤만 안 해요? 우리도 안 하고 싶어요."

질문 하나에 순조롭던 분위기가

거부하는 분위기로 바뀌었다.

점심시간이었지만

눈물이 밥으로 뚝뚝 떨어지는 지경이라 밥을 뜰 수 없었다.

급식실을 뛰쳐나가자 다른 반 선생님이

"밥을 먹어."라고 날 밀어 넣었다.

선생님들의 말씀이

K의 아버지가 폭력이 심각해서

어머니가 아이들을 데리고 집을 나간 적이 많다고 했다.

소문의 사실 여부를 확인할 순 없었지만,

그 얘기에 마음이 누그러졌다.

'아버지의 폭력으로 삐뚤어졌던 거구나. 너무너무 안타깝다.'

* *

5월, 연필만 서걱거리는 소리가 가득한 시험시간이 지났다.
시험지를 걷고 아이들이 하교한 후 채점을 하다가 깜짝 놀랐다.
한 여학생의 시험지만 없었다.
수행평가가 사라지다니 어떻게 된 일인가.
아차 싶은 서늘함이 느껴졌다.
K군의 시험지가 성적이 높아졌는데,
오목조목한 귀여운 여자 글씨체였다.

'아니, 어떻게 다른 여자애 시험지에 K 이름을 적어서 냈지?'
이런 사건은 처음이라 아득했다.
선생님을 속일 수 있을 거라고 생각했을까?
그 여학생의 공책과 K의 공책을 꺼내서 시험지와 대조했다.
첫 장만 열어보아도 시험지의 글씨체는 여학생의 글씨체와
100% 같았다.

다른 사람의 수행평가에 자신의 이름을 쓴 것은 그냥 둘 수
없었다.
K의 어머니께 전화를 드렸다.

"어머님 한번 교실에 와주셔야겠어요."
K의 어머니는 안 오고 아버지가 오신다고 연락 왔다.

K의 아버지는 키가 거의 190 정도로 컸고
정장에 선글라스를 낀 모습이었다.
"아버님 K가 이러이러한 점은 매우 좋습니다. 그런데 친구들을 괴롭히는 행동이 지속되어서 전화를 드렸습니다. 그동안 K의 행동 기록입니다."
학부모와 함께 돕는다면
K의 행동이 나은 방향으로 바뀔 거란 생각에 자세히 이야기했다.

"그래서 이게 사실이란 거죠? 잠시만요
(폰을 꺼내 들더니) K야, 당장 니 교실로 좀 와라."
10분 후 K가 교실로 들어왔다.
K의 아버지는 선글라스를 벗더니 양복 소매를 걷어붙이고
있는 힘껏 아이의 뺨을 때렸다.
K가 교실 중간쯤에서 교실 앞 칠판 밑으로 나가떨어졌다.

교사 앞에서 아버지가 아이를 날아갈 정도로 때릴지 상상도 못했다.

순식간에 벌어진 일이었다.
다급한 마음에 양팔을 벌려서
아버지와 아들 사이를 가로막았다.
아들을 더 때리려는 아버지의 팔을 막았다.
역시 이 직업은 변수가 크고 책임은 막중하며
고되다는 걸 절감했다.
가슴이 두근거려서 진정이 되지 않았다.

* *

2학기 들어서 M군이
100만 원이 넘는 최신 폰을 샀다고 자랑했다.

다음 날 오후 M군이 비명을 질렀다.

"선생님 제 폰이 사라졌어요.
아침에 분명 책가방 앞에 넣어두었어요!"

아무도 본 사람도 없고, 귀신이 곡할 노릇이다.
아이들은 어르고 달래도 묵묵부답이다.

아이들을 잠시 남겨서 찾으려 했으나 소용이 없었다.

실타래는 의외의 곳에서 풀렸다.
디지털 기기가 하나 없어졌다고 과학 선생님께 연락이 왔다.
과학 선생님은 K의 집에 그 기기가 있냐고 물어봐달라고 했다.
"K 어머니, 혹시 K의 책상 위에 이런 물건이 있지 않나요?"
물건이 있다고 했다.
아니, 과학 선생님의 물건도 가져간다니.

며칠 후 남학생 둘이 쭈뼛쭈뼛 서로의 등을 밀면서 다가왔다.
"저기… 저… 선생님."
"응 어떤 말도 괜찮아. 절대 화내지도 않고 책망하지 않을게."
"사실은 그날 K가 그 폰을 화장실에서 부셔서 변기에 넣는 걸 보았어요. 이제야 말씀드려서 죄송해요. 저희들도 같이 혼날까 봐 무서웠어요."

나는 아이들에게 아무 말도 하지 않았지만
그 아이들이 친구들에게 그 일을 말하기 시작했다.
소문은 댐이 무너지듯 커졌다.
친구의 폰을 훔쳤다는 소문이 돌자

아이들은 K를 피했다.

며칠 후 전화를 받았다.
K의 아빠가 우리 반 아이들 전체와 나를
인권위원회에 고소하겠다고 교무실에 항의했다고 한다.
폰을 훔친 학생이 나를 고소하겠다고 하니 혼란스러웠다.
꾸준히 적었던 기록일지를 학교에 제출했다.

상황은 급물살을 탔다.
수십 장이 되는 기록 때문에
K의 아버지가 원하는 대로 상황이 전개되지는 않을 거라는
연락을 받았다.
평소에 K와 있었던 일들을 적어두지 않았으면
난 학급 아이들과 함께
K를 괴롭힌 가해자로 고소당했을 것이다.

기록이 날 구원했다.

그러나 K의 아버지는 그 이후로
내 핸드폰에 전화를 걸고 "전화하세요." 하고 바로 끊었다.

바로 전화를 안 하면 화를 크게 냈다.
퇴근 후에도 전화가 빗발쳤고,
어느 날은 밤 10시부터 12시가 되도록 전화했다.
꿈에서도 K의 아버지가 화를 내는 악몽을 매일 꾸었다.

아, 교사를 더 할 수 있을까?

* *

모래알을 씹어 먹는 듯한 나날들이었다.
대한민국에서 교사를 하는 건 변수가 너무 크다.
어떤 아이, 학부모와 만나냐에 따라서
천국과 지옥을 오간다.

어느 날 갑자기 교무실에서 걸려 온 한 통의 전화.
"선생님, K가 지금 전학 간 거 아세요?"
"네?"

방금 어머니가 와서 2층에서 전학 수속을 밟았다고 한다.
담임에게 한마디 말도 없이 전학을 가버렸다.

그동안 트라우마가 생길 정도로 받았던
한밤중의 전화들은 뭘까?
더 이상 늦은 밤 전화가 없을 테니 다행인가?

마음 깊이 슬펐다.
인사도 없이 가다니.
그동안 기울인 정성이 물거품처럼 사라지는 듯한 기분에
공허한 마음이 가득했다.

* *

다음 해 집에서 멀리 떨어진 동네 마트에 들렀다.
그 마트의 진열대 사이에서
K의 아버지와 내 아이들이 딱 마주쳤다.

그 순간
온몸에 소름이 돋았다.
1초도 안 되는 순간이지만
머릿속이 하얗게 되었다.

'혹시 내 아이들에게 해코지하면 어떡하지?'

급한 마음에 덜덜거리는 다리로
아이들을 돌려세워서 나왔다.

그 순간 난 교사가 아니라
키 큰 아저씨를 두려워하는 아줌마일 뿐이었다.
제발, 내 아이들이 무사하길 기도하며 나왔다.

가정폭력이 있을 경우 신고하라고 하지만
실제 교사에겐 반드시 신고해야 한다는 높은 의무만 있을 뿐
그 이후에 교사가 어떻게 보호받을 수 있을지
아무런 방어막이 없다.

만일 K의 아버지가
우리 아이들을 공격했다면, 나를 공격했다면
그 순간 누가 나와 내 아이들을 지켜줄 수 있었을까.

**

시간이 한참 흐른 지금,
넷플릭스 드라마 '더 글로리'를 보면서
나는 자꾸 K를 생각했다.
맞고 사는 청소부와 그녀의 딸을 보면서 K를 떠올렸다.
그 둘은 동은을 만나
해결할 수 없는 고리를 끊어내고 미국으로 유학을 떠나지만,
그건 드라마일 뿐이다.

K를 진정으로 돕지 못했다는 죄책감은 날 괴롭혔다.
수년 동안 꿈에서도 가끔 등장했다.

K는 나에게 온(on) 사람이었는데,
내 마음이 그 아이에게 닿지(on) 못했던 걸까?
그 애만 생각하면 아직도 마음 한편이 찡하게 아프다.

K야.
그때 더 적극적으로 돕지 못해서 미안해.
이제는 너도 자신의 삶을 개척하는 어엿한 성인이 되었겠지?

아버지의 그늘에서 벗어날 수 있기를.

어른이 되어서 가치관을 바르게 하고

자신의 삶을 반듯하게 살 수 있기를

계속 기도할게.

강민정

이 세상 모든 선생님들을 응원한다.

누군가를 위해 자신의 발전에 끊임없이 시간을 소모하고,

그 모든 것들을 학생들에게 내어주는 '운명'을 타고난 선생님들을….

교사는 '아마도' 내 운명

강민정

— 부모는 자식을 위해 최선을 다하며 책임지는 태도만 보여주면 된다. 알고 보면 아이는 이미 할 일이 정해진 채 태어난 걸지도 모른다. —

나는 운명론자다.
처음부터 운명론자는 아니었다.
"너는 교육 쪽 일을 할 거래."
하는 엄마의 말씀을 귓등으로 흘리는 현실적인 사람이었다.
하지만 내 삶을 되돌아보면 나는 운명론자가 될 수밖에 없었다.

내가 교사가 될 수 있었던 것은
'경제학'을 전공했기 때문이다.
그때는 원하는 대학에 직접 가서 현장 접수를 하고,

창구마다 길게 늘어선 줄을 보며 눈치싸움 하던 시절이었다.

경제학? 경영학?
다른 학교 원서는 모두 '영어'과를 썼는데
신기하게도 그날은 상경 계열에 진학하고 싶었다.
손잡고 간 엄마는 나의 결정을 위해
종이 귀퉁이를 찢어 '경제', '경영'을 적어 던졌고
나는 집었다.

펼쳐보니 '경제학'

그렇게 전공을 선택하고 대학에 입학했다.

나는 정말 교사가 되기 싫었다.
아니 정말 교사가 될 자신이 없었다.
부모님은 학교에 모든 것을 쏟아붓는 열정적인 선생님이셨다.
덕분에 졸업식과 입학식에는 부모님 대신 이모, 할머니가 함께 했다.

아빠는 학교에 가기 위해 새벽 6시에 출발하셨다.

먼 학교에 배정되신 때는
새벽 5시 반이면 수업준비를 위해 학교에 가셨다.

엄마는 늘 학교 일을 마무리 짓느라 집에 늦게 오셨고,
방학 때면 새로운 공부를 위한 연수에 바쁘셨다.

내게 교사라는 직업은
힘들고, 가족에 신경 쓸 수 없는 직업이었다.
나는 누구를 잘 가르칠 만한
열정과 노력이 있는 사람이 아니라고 생각했고,
'경제학'과에서 신나게 대학 생활을 했다.

대학 생활은 너무나 즐거웠고, 매일매일 신났다.
선후배들과 매 순간을 즐겼고, 공부도 열심히 해서 장학금도 탔다.
2년을 그렇게 살았더니 왠지 학교생활이 따분해졌다.

갑작스럽게 수업이 휴강되어 계단을 내려오던 날이었다.
내려오던 나를 보며 반갑게 내 이름을 부르던 친구

"민정아, 너 교직 이수 신청하지 않을래?
교직 이수를 하면 고급 통계학을 안 들어도 된대."
"교직 이수가 뭔데? 정말 듣지 않아도 되는 거야?"

친구와 손을 잡고 과사에 갔고, 교직 이수 과정을 신청했다.
교사가 되고 싶다는 생각을 해 본 적이 없어서
'교직 이수'가 뭔지도 몰랐다.
그냥 '고급 통계학'이라는 어려운 과목을
피하고 싶다는 마음뿐….

그렇게 '교직 이수'를 시작했고,
200여 명이 되는 우리 과에서 교직 이수를 선택한 건
우리 둘뿐이었다.
그 친구는 4학년 때 교직 이수를 그만뒀고,
나만 유일하게 교직 이수 과정을 끝내고
'중등 공통 사회 2급 정교사' 자격증을 받은 학생이 되었다.

교사가 되고 한동안 그 친구와 연락했는데
그 친구는 중간에 교직 이수를 그만두는 바람에
교사가 되지 못한 것을 후회했다.

지금은 대기업 S사에 들어가서 잘나가는 과장이 되었으니
원래 정해진 자신의 길을 간 것뿐이다.

* *

대학 생활을 마무리할 무렵
어학연수를 가고 싶었지만,
부모님이 졸업을 먼저 하는 것이 어떻겠냐고 회유했다.
하지만 졸업하던 해, IMF가 터져서 비자발적 백수가 되었다.

조금 더 공부가 필요하다고 생각했고
어학연수를 내 힘으로 가려고 준비하던 중
우연히 초등학교 학생들의
기초 학력 수업을 맡는 아르바이트를 찾았다.
그리고 운명적으로 초등학교 아이들을 만나게 되었다.

내가 교사가 되고 싶지 않았던 첫 번째 이유가
'교사는 내가 가질 수 없는 열정을 요구하는 직업'이었다면,
두 번째는 모교에서의 교생실습 경험에서 비롯됐다.
중학생을 대상으로 교생실습을 하는데

많은 사람 앞에 선다는 것이 너무나 떨려서
'나는 교사 자질이 없다.'고 생각했기 때문이다.

그런데 막상 아이들 앞에 서니 떨리지 않았다.
너무나 즐거웠다.
아이들과 함께 하하호호 웃으며 공부를 하면
시간이 빠르게 지나갔고,
작은 것들에도 고마워하는 귀여운 아이들을 보면
보람 있고 뿌듯한 마음이 가득했다.

이렇게 나는
'나도 교사라는 직업이 어쩌면 맞을 수도 있겠다.'
라는 희망이 생겼다.
6월에 시작한 초등학교 아르바이트는 9월 말에 그만뒀고,
중등 사회 교사 임용을 준비해야겠다는
마음에 학원을 찾았다.

학원에서 처음 본 공고문은
'중등교사자격증을 가진 사람에 한한 초등교사임용시험'
이었다.

10월부터 시작인 시험
초등학교 선생님들의 부족으로 단 한 번 있었던 그 시험이
내가 '교사가 될 결심'을 한 그때 시작된 것이다.
그렇게 '교사의 길에 두 번째 걸음'을 내디뎠다.

* *

경영학을 전공했다면
'상업 교사' 자격증을 가져서 시험에 응시할 수 없었는데
경제학을 전공했기에 '중등사회과 교사' 자격증을 소지할 수 있었다.
어쩌면 '경제학'을 선택한 것은
교사가 되려는 운명이 아니었을까?

갑작스럽게 준비를 시작한 시험이었으니
하루하루가 피가 마르는 심정이었다.
정말 열심히 공부했다.
이런 나를 보면서 공부에는 때가 있고
자신의 의지가 정말 중요한 것이라는 생각을 했다.

올빼미형인 나는
오후 3시에
도시락을 싸 들고 집을 나섰다.
24시간 운영하는 대학도서관에 가서 4시쯤 도시락을 먹고,
산책을 한 후 5시부터 자리에 앉았다.
6시쯤 지나면 자리가 조금씩 비기 시작하고,
시간이 지날수록 도서관은 매우 조용해졌다.
6시부터 그다음 날 새벽 6시까지 배가 고프거나
뭔가 먹고 싶으면 막대사탕을 먹었다.

그냥 그렇게 쉬지 않고 공부를 했다.
외우고, 정리하고, 풀고, 다시 외우고, 정리하고, 풀고….
새벽 6시 반쯤 나와서 버스를 타고 집에 돌아갈 때면
온 동네가 조용했다.
그때 잠시 눈을 붙였다.
배가 부르면 졸리니 저녁 도시락이 거의 유일한 식사였고,
낮에는 챙겨 먹지 않았다.
지금 생각하니 교사가 되기 위해 참 열심히 했다.

드디어 원서접수를 하고,

나는 꼭 교사가 되고 싶다는 열망으로 시험을 봤고,
교사가 되었다.

대학 졸업 후 1년 동안 다양한 경험을 했지만
7살에 학교에 입학한 나는
교대를 졸업하고 바로 임용고사에 합격한 나이로
교사 세계에 입문했다.
교사는 내 운명이 아니라고 부인하였지만
나는 돌아 돌아 어느새 제 시기에 그 자리로 온 것이다.

교사가 되고 나니 수업을 계획할 때 걱정이 됐다.
내가 아이들을 위해 옳은 방법으로 교육하고 있는 것인지,
아이들에게 효과적이고 효율적인 교육 방법을
사용하고 있는 게 맞는지,
아이들을 제대로 이해하고 있는 것인지 늘 염려가 됐다.
그런 불안이 원동력이 되어
방학마다 끊임없이 연수를 받고,
새로운 것들을 경험하고, 공부하고
좀 더 교사에 걸맞은 사람이 되고자 '대학원' 파견에 도전했다.

대학원 파견을 위해
매주 공인 영어 성적을 만들기 위해 노력했고,
적성을 찾기 위해 다양한 분야를 공부했으며,
입학하려는 과 교수님들의 책을 읽어댔다.
대학원에 입학했고, 졸업했고,
좀 더 확신을 가지고 교육할 수 있었다.

확신이 의심이 되던 순간
나는 다시 '박사과정'에 입학했고,
졸업했고,
다시 아이들과 만났다.

나 자신에 대한 확신과 발전만이
아이들을 더 넓은 세계로 이끌어줄 원천이라고 생각했기에,
끊임없이 '교사'가 되기 위해 노력했다.

* *

아이들은 교사의 경험을 토대로
이야기를 들려주는 것을 매우 좋아한다.

실제는 늘 가슴에 와닿기 때문이다.
"정말요? 선생님, 정말 그럴까요?"
"그럼, 선생님이 다 해 봤잖아. 정말 그렇게 된단다."

교실에서 선생님은 롤모델이자 소우주가 된다.
초등학교 1학년 아이들을 맡았을 때 한 달여가 지난 후
글씨체부터 밥 먹을 때 수저를 놓는 습관, 그림체,
친구들에게 말하는 태도 등등이
나와 똑같아진 아이들을 보며 당황했다.
더욱 조심하며 행동했고,
사랑을 표현하려고 늘 노력했다.

나의 교직 생활 대부분의 손님인 6학년 아이들은
매우 섬세하게 대해야 한다.
어떨 때는 친구처럼 듬직하지만
어떨 땐 어린 아기처럼 사랑을 받고 싶어 한다.
6학년은 어른이 되어가는 과정의 출발 지점이다.

초등학교 1학년 아이들에게는
똑같이 따라하도록 모범적인 모습을 보였다면,

6학년 아이들에게는
부드럽고 공정한 중재자가 되어줘야 한다.

교사는 나와는 먼 직업이라고 생각했던 나는 어느새
'훌륭한 교사가 되기 위해 끊임없이 노력하고 즐기고 있었다.'

이 세상 모든 선생님들을 응원한다.
누군가를 위해 끊임없이 자신의 발전에 시간을 쓰고
삶의 중요한 순간순간을 아낌없이 학생들에게 내어주는
'운명'을 타고난 선생님들을….

이 세상 모든 부모님들을 안아주고 싶다.
아이들은 모두 자신의 길을 갖고 태어나는 것이니,
아이들을 책임지고, 최선을 다해 사랑해줬다면
그것만으로도 훌륭한 부모가 되어준 것이라고.

"시간은 늘 제대로 흘러가고 있다."

심훈철

•
•

한 걸음씩

현실을 바꾸어 가는 우리의 꿈이,

사람과 기술이 함께하는

돕고, 나누고,

빛나는 세상을 꿈꾼다.

내게 온 그들

심훈철

만남

활짝 핀 꿈의 꽃처럼
처음 '교사'가 되기로 꿈꾸었던 날,
낯선 세계에 내 발걸음을 더듬어 보았다.

내가 이 길을 택한 이유는
위대한 사명감이나
우리의 교육을 한 단계 끌어올리는
원대한 목표는 아니었다.

나를 움직인 것은
순수한 아이들의 눈동자 속에 비치는

세상을 향한 끝없는 호기심과 미소 속에 감춰진
따뜻함이다.

살을 에는 추운 겨울에도 따뜻한 봄을 느끼게 한
아이들의 순수한 미소가
지금의 나를 있게 해주었다.

'교사'가 된 지 14년이 흘렀지만
변치 않는 것은
아이들의 순수한 눈빛과
그 마음을 향한 나의 열정이다.

오늘도 아이들과 함께하는 순간이
내게는 가장 큰 보람과 행복으로 다가온다.

봄마다 내게 찾아오는 질문,
이 세상에 교사와 같이
다채로운 사람을 만나는 일이 있을까?

한 해 동안의 세월 속에서 만나는

많은 아이와 그들의 부모,
그리고 아이들 사이의 작은 우정까지도.

학급의 담임은 한 학급을 이끌지만,
만나는 사람은 그 이상이다.
옆 반 선생님과의 만남은
언제나 새로운 이야기를 낳고,
여러 갈래의 인연이 함께 얽혀
새로운 이야기를 쓴다.

교학상장

모든 날이 완벽한 순간은 아니지만,
그 안에서
나도, 그리고 함께하는 모든 이도
성장하는 것을 느낀다.

그렇다.
가르치고 배우며
나도 너희도 함께 성장한다.

세 사람이 함께 걸으면,
그중 한 사람은 나의 스승이라 하더니,
아이들을 가르치지만,
나도 아이들한테 배운다.

내 눈에는 보이지 않던 그들의 세계가
아이들을 보는 나의 눈에는
따뜻한 우정과 풋풋함으로 가득 차 있다.

아이들과 함께하는 하루는 참 즐겁다.

그들과 함께한 성장의 순간을 기억하며,

감사한 마음을 내 가슴 깊이 새겨낸다.

BC vs. AD

한때 우리는
밀레니엄을 기준으로
시대를 구분하였다.

그러나 이제 우리는
코로나라는 어둠의 기억을 따라
코로나 이전과 코로나 이후로 나누고 있다.
Before Corona vs. After Disease

학교도
코로나의 그늘에 얽매여
많은 것들이 변해가고 있다.
그때는 자유롭게, 제약 없이
아이들과 함께했던 시간이 있었다.

활기찬 모습이 내 눈에 선명히 비쳤고,
시간 속에 살아 있음을 느꼈다.

만남과 연결의 교실은
분절과 소외의 섬이 되었다.
지극히 개인화된 사회에서
아이들이 잃어버린 것은
마스크 없는 자유뿐만이 아니다.

친구와 함께했던,
그 손을 잡고 뛰는 기억을 잃어버렸다.

내가 조금 더 희생해도 상관없다는
그 양보의 마음을 잊어버렸다.

선생님과 진심을 나누던
그 시간을 잊어버렸다.

무엇보다
넘어져도 다시 일어나는 법을 잊어버렸다.

코로나가
우리를 끊고 남긴 상처는

툭하면 서로의 불편을 쏟아내는 것이다.

마스크는 벗었지만
마음의 장벽은 여전히 두렵다.

조금의 불편함에도 참지 못하는 우리의 모습 속에
무엇이 잘못되었는지를 되돌아본다.

어떻게 가르칠 수 있을까.

미래

나는 초등컴퓨팅교사협회의 일원이다.
우연한 만남과 선배의 따뜻한 도움 덕에
새로운 기술을 넘어
사람을 대하는 마음을 배웠다.

은인 같은 선배의 영감을 받아
내가 관심 있고 사랑하는 분야를
아이들에게 전할 수 있었다.

코딩과 소프트웨어의 세계를 여행하며,
여러 아이들에게
그 문을 열어주고 있다.

기술의 발전이 끝없이 이어지고,
그 발전을 품은 아이들의 성장을
옅은 미소로 지켜본다.

아이들은 무한한 꿈을 안고 두려움을 넘어

미래라는 무대를 향해 나아가고 있다.

한 걸음씩
현실을 바꾸어 가는 우리의 꿈이,
사람과 기술이 함께하는

돕고,
나누고,
빛나는 세상을 꿈꾼다.

2부

희망

배혜림

•
•

우리는 늘 누구와 만난다.

모든 만남에는 의미가 있다.

그 만남이 제대로 된 의미를 가지려면 내가 그 안에서 온(ON)기를 찾아야 한다.

ON 되기 전, 우리는 서로 의미 없는 존재였다

배혜림

교사가 된 지 어느덧 20년이 넘었다.
20년간 늘 쳇바퀴 돌 듯 반복되는 삶.

이 삶의 돌파구가 필요했다.

십 년이면 강산도 변한다고 했던가.
강산이 두 번이나 변할 만큼의 시간이 지난 나에게
교직은 전만큼 설레지 않았다.

설레지 않으면 지루해지기 마련이다.
이 지루함을, 이 단조로움을 바꿀 무언가가 필요했다.

* *

그때 첫 번째 사람이 왔다.

업무를 하면서, 국어 수업을 하면서 많은 작가를 만났다.
늘 만나는 수많은 작품 틈에 내 작품도 하나 포함되어 있다면.
한편으로는 '감히 어떻게 내가 책을….'이라는 생각도 들었다.

시간이 지났다.
옆자리 선생님이 책을 썼다.

오랜 마음이 빼꼼 고개를 내밀었다.
책을 쓰는 법에 대해 배운 적도 없지만,
그래도 명색이 국어 교사인데, 그동안 읽은 글이 얼만데.
책 한 권 정도는 쓸 수 있지 않을까.

첫 번째 온 사람이 아니었다면
내 첫 책은 소설책이 되었을 것이다.
그렇게 첫 번째 책이 왔다.

초심자의 낙관이라고 해야 할까.
출판사와 계약을 하니 왠지 다 잘될 것 같은 생각이 들었다.

아직 책이 출간되지도 않았지만,

첫 책을 쓴 용기로 두 번째 책도 썼다.

한 사람의 영향으로 두 권의 책이 생긴 거다.

첫 번째 온 사람이 아니었다면 내가 작가가 될 수 있었을까.

시작하려는 용기조차 갖지 못했을지 모른다.

출간은 삶에 새로운 이벤트였다.

교직이라는 시들시들하던 나무에 새 가지가 돋았다.

그 나뭇가지를 굵게 키우고 싶었다.

열심히 물을 줘서 잎도 돋고 꽃도 피고 열매도 맺고 싶었다.

첫 번째 ON이 아니었다면

내게 책이란 읽는 것이지 쓰는 것은 아니었을 것이다.

출간에 대한 열망이 닿았기에 가능한 일이었다.

내게 열망이 없었다면

그 사람은 내게 온 사람이 되지 못했을 거다.

누군가 내게 온다는 건,

열망과 닿아야 가능한 일이다.

마음이 맞닿아야 마음의 전류가 흐른다.

열망에 닿을 준비가 되어 있지 않다면

그가 내게 오더라도 의미 없는 일이 될 수도 있다.

> 내 그를 맞아 이 포도를 따 먹으면
>
> 두 손은 함뿍 적셔도 좋으련
>
> 아이야 우리 식탁엔 은쟁반에
>
> 하이얀 모시 수건을 마련해 두렴

– 이육사, 「청포도」

책이 출간되었다.

책에 나의 영혼을 갈아 넣었다.

책이 출간되면

모든 사람이 다 내 책의 가치를 알아볼 것 같았다.

유명해져서 삶이 달라질 줄 알았다.

지금 생각하면 우습지만 책이 잘되면
학교를 그만둬야 하나 고민도 했다.

하지만 그런 일은 없었다.

책이 출간되었지만, 세상은 전혀 변하지 않았다.
삶은 여전했고, 세상도 변화가 없었다.
아무 일도 없었던 것처럼 무심하게 흘러갔다.

책을 썼다고, 교사로서 삶을 가득 담아
정말 멋진 책을 썼다고 세상에 외치고 싶었다.
입안이 헐도록 책을 홍보할 방법을 궁리했지만,
답을 찾을 수 없었다.

답답했다.

* *

그때 두 번째 사람이 왔다.
둘 다 갓 출간한 작가였고, 홍보 방법을 몰라 고민이었다.

두 번째 온 사람은 기발한 방법으로 홍보했고,
실천력도 좋았다.
그 덕에 홍보 방법을 다양하게 모색할 수 있었다.

책 두 권을 쓰고 나니 아이디어도 고갈되고,
책을 더 쓰기 힘들 것 같다는 생각이 들었다.
내가 다시는 책을 쓰나 봐라.

참 이상한 일이다.
이야기를 나눌수록 용기가 생겼다.
시들고 있던 열망에 새로운 열망이 ON되었다.

"1권이 많이 팔리는 게 더 좋아요, 여러 권이 조금씩 팔리는 게 더 좋아요? 어느 게 더 좋아요?"

신선한 충격이었다.
선생님은 책이란 교사의 전문성을 드러내는 명함이라고,
명함이 많을수록 더 좋지 않겠냐고 했다.

맞는 말이다.

마음을 바꾸었다.

쓰고 싶은 책에 대해 이야기를 나누었다.

이야기를 나눌수록 아이디어가 샘솟고, 의욕도 생겼다.

이런 책도 쓰고 싶고, 저런 책도 쓰고 싶어졌다.

우리는 꾸준히 아이디어를 주고받았다.

늘 서로에게 ON 상태였다.

한 사람이 아이디어를 내면

다른 한 사람이 그 아이디어에 살을 붙였다.

아이디어는 점점 구체화되었다.

재미있는 일이 자꾸 생겼다.

이제 내 책의 목표는 100권이다.

다소 허무맹랑하게 들릴 수도 있다.

하지만 지금의 나는 할 수 있을 것 같다.

책 쓰기 이외에 관련한 다양한 활동도 하고 있다.

이제는 어디 가서도 '작가'라 당당히 이야기할 수 있다.

**

두 인연으로 세 번째 사람들이 왔다.
책쓰샘 멤버다.
책쓰샘은 책을 출간했거나 출간 예정인
전·현직 교사 작가들이다.

이사인 나는 선생님들이 쓴 저서를 모아서
정리하고, 안내한다.

책 출간이라는 공통점은 있으나
학교급도 다르고, 전공도 다르고, 책을 쓴 영역도 다 다르다.
그 덕에 관심사를 넓힐 수 있어 참 재미있다.
많이 배우기도 했다.
저자에게 책 이야기를 듣는 좋은 기회이기도 하다.

독서 모임을 통해 많은 걸 배웠고,
함께하면 든든하다.

책을 쓰면서 많은 경험을 했다.
이것을 아이들도 알게 하고 싶었다.
국어 교과서에 학기마다 다양한 글쓰기 단원이 있다.

그러나 많은 아이가 글로 생각을 표현하고 발표하는 것을 싫어한다.
불러 주는 답을 받아쓰고 외우는
수동적인 수업을 더 선호한다.
글쓰기 수업이 당연히 잘 진행될 리 없다.

글쓰기가 두렵고 싫은 아이들.
이 아이들에게 자극을 주고 싶었다.
아이들도 책 쓰기의 보람을 느끼면
글쓰기가, 독서가 편안해질 거라고 생각했다.

정말로 책으로 출간된다면
책 쓰기 동기도 고취되지 않겠는가.

이번에는 내가 아이들에게 닿기로 했다.
책 쓰기 동아리를 만들었고 책이 출간되었다.
책이 출간되자 많은 아이가 책 쓰기 활동에 관심을 가졌고,
작가라는 직업을 갖고 싶다고 생각하는 아이도 있다.

매년 1권씩 출간한다는 목표로

아이들과 글쓰기 동아리를 운영 중이다.

* *

책과 ON되고 나서 나의 삶이 입체적으로 바뀌었다.

내게 ON 많은 사람 덕에 삶의 방향이 바뀌었고,
나도 조금씩 달라졌다.
나도 누군가에게 온 사람이 될 수 있을까.

우리는 늘 누구와 만난다.
모든 만남에는 의미가 있다.
그 만남이 제대로 된 의미를 가지려면
내가 그 안에서 온(ON)기를 찾아야 한다.

의미를 찾는 것은 나의 몫이다.

어떤 만남이든 내가 의미를 찾는다면
그 사람은 내게 온 사람이 될 수 있음을 확실히 느꼈다.

내가 그의 이름을 불러 주기 전에는
그는 다만
하나의 몸짓에 지나지 않았다

내가 그의 이름을 불러 주었을 때,
그는 나에게로 와서
꽃이 되었다

- 김춘수, 「꽃」

* *

모든 만남은 의미 있다.
특히 교사는 아이들의 미래에 의미 있는 획을 그을 수 있는 존재다.
교사로서가 아니라 하더라도 아이들에게 온기를 불어넣을 수 있는 존재임에는 틀림없다.

그것이 교사로서의 운명임을 이제는 알겠다.
스스로 열망을 가지고 ON 상태를 유지한다면

20년이 되든, 30년이 되든
교사의 삶은 밋밋하지 않을 것이다.

서로 맞닿아 열망 스위치를 ON한다면,
서로에게 의미 있는 존재가 될 것이다.

그것이 교사의 삶이다.

김선

•
•

내게 온 사람.

그는 꽃씨 하나를 나에게 선물했지만

나는 내가 받은 꽃씨로

다른 이의 개인적인 아픔을 덮어줄 수 있는

큰 마음과 힘을 갖게 되었다.

내게 온 on 꽃씨 하나

김선

꽃씨 하나,

꽃씨 하나가 퍼져 꽃밭을 이룰 수 있게 되었다.

첫 발령을 받고 취임식에서 받은 소중한 시 하나.

그렇게 그분과 나의 인연은,

시작되었다.

아무것도 모른 채 담임이 되었다.

내가 잘하는 건지도 모르겠고

학교생활이 어떤 건지도 모르는 두려움에 하루하루를

보내고 있었다.

그분이 떠올랐다.

똑똑. 문을 두드렸다.

옆 반 선생님도, 동학년 부장님도 아닌 분.
묘하게 끌렸다.

종종 교실에 들렀다.

한 달 정도가 되자,
집단 특유의 말이 타고 타고 가는 상황들이 반복되더니
아무것도 모르는 초임 교사인 나에게도 말이 전해졌다.
개인사가 어쩌고저쩌고 뒷말 좋아하는 모임에서 확산된
그 말들은
'과연, 이게 사실일까?'
싶을 정도로 하나부터 열까지를 일부러 꼬아서 말하는 것만
같았다.

난, 궁금하지 않은데 굳이 시간 내어 가르쳐주려는 마음은 뭘까?

평가가 그러거나 말거나.

내가 본 모습으로 판단하리라.
나에게는 끌리는 사람이었기에.

오랜 시간 함께했다.

그분은 나와 함께하는 시간이 많아졌다.
인생을 배웠다.
가르침을 주셨다.
초임 교사인 나에게 인생을 보라는 말씀을 하시며
열심히 사는 것으로 끝내지 말라 하셨다.

너 역시 열심히 살 텐데
나 역시 하루하루를 열심히 했는데
10년이 지나서 돌아보면
모래알처럼 느껴지는 경우가 많다고 한다.
학교 내적인, 외적인 인생을 보는 눈을 키워야 한다고 했다.

맞다.

발령 전까지 나는 매일 열심히 살아가던 학생이었다.
교육대학교 수업을 마치고 과외를 4~5개씩 하던 악바리.
이렇게 열심히 살면 된다고 믿었던 조금 순진한 학생.

5년이 생각보다 짧다는 것.
여기서 결혼, 출산까지도 할 수 있다는 것.
무엇보다 삶이라는 것 자체가 무척 짧다는 것을
그분을 통해 배웠다.

20여 년 전
아메리카노가 대중화되지 않았을 때 그분의 블랙커피는
그 자체로 입에 오르내렸다.
예쁜 외모도 의상도 다른 이들에게는 불편함이었나 보다.

도대체 왜일까.
궁금해하던 날.
답을 준 한 선생님.

이혼

아이 있는 엄마가 이혼했고, 교사를 그만두었다는 것.
그 사람의 잘못으로 이혼을 당했을 거라는 거다.

그런가?

* *

20여 년 전, 교직은 얼마나 보수적이었던가.
비슷하지 않은 사람에 대한 배척이
얼마나 하늘을 찔렀는지

지나고 보니 참 우습다.

그 무렵 나에게는 그런 말들이 전혀 와닿지 않았다.
내 눈에는 너무나 멋졌기에.

교사를 그만두고 해외에 갔다 귀국 후, 교사를 하게 되기까지
그 인생 1막의 맺음으로 얻은 교훈들을
너무나 감사하게 듣고 있었기 때문이다.

당신은 교사를 그만둘 자신이 있는가?
또 개인적인 사정이 생겨 교사를 그만두었다면
다시 교직에 돌아올 수 있는가?

쉽지 않다.

그분은 그렇게 하셨다.
미친 듯이 교육에 전념하셨다.

수업 실기 대회, 각종 연구대회, 시범학교 운영 등
가능한 것들은 모두 다 진행했다.
그 무렵 늘 늦은 시간까지 작업하던 모습이 아직도 선하다.
'교육은 이렇게 몰입하는 거구나.'라고 느꼈다.

나도 즐거웠다.
젊은 교사는 그저 배움이 즐거웠다.
승진? 수당?
그런 생각은 하지도 않았다.
그저 배움이 좋고
함께하는 일이 좋았다.

몇 년 후 그분은 교육 분야에서 확고하게 자리를 잡았다.

그분이 얼마나 열심히 하셨는지
어떻게 전문직 공부를 하셨는지도
눈으로 보았기에
승진하는 자를 비꼬는 말은 거북하다.

능력 없이 그저 운이 좋아 승진한 거라는 쉬운 말들.
내가 시작을 안 해서 그렇지
했으면 더 잘했을 거라는 비아냥의 말들.
그러는 당신은 얼마나 노력했는가?

나는 듣고 싶은 말을 선택하기로 했다.
듣고 싶지 않은 말은 무시하기로 했다.

저렇게까지 열심히 할 수 있을까.
낮에는 수업에 올인하고
수업이 끝나면 업무처리.
퇴근 후 전문직 공부와 모임을 병행하는 모습을 보며
간절한 갈망을 보았다.

그것은 '교육'에 대한 이상향이다.

* *

나도 제대로 된 선생님이 되고 싶었다.
그래서 배운 대로 이멀젼 수업을 진행했고
이후 나도 성장했다.

나에게 제대로 된 선배가 없었다면
나는 교육에 그리 진심이지 않았을 것 같다.

다른 꿈을 꾸던 내가 교육대학교에 입학하기까지.
대학 내내 혼란의 시기를 겪으며
내가 정말 선생님이 될 수 있을까를 고민하던 그 시간들이
나를 갉아먹었을 것이다.

내가 눈앞에서 본, 초임 시절을 함께한 선배는
그런 분이었기에 나는 교육자가 되고 싶어졌다.

나는 성장했다.

그분은 더욱 성장하셨다.
장학관, 교장 등을 연임하며 끝도 없이 달리셨다.
아주 오랜만에 나를 불러 굳이 그의 개인사를 가르쳐주셨던 선생님을 다시 만났다.

"아니, 이혼해서 퇴직하고 나온 사람이 지금 교장인데,
나는 그동안 뭘 한 거지?"

단순히 승진의 유무를 말하고 싶지 않다.
나는 그분이 얼마나 교육에 진심이었는지를 보았기 때문에,
감히 "교육을 위해 정말 열심히 사셨어요."라고 답했다.

부디 바라건대,
개인적인 사정을 교육에 연결 짓지 않으면 한다.
단순히 그 이유로 그 사람을 멀리하지 않기를 바란다.

아직도 이혼에 대한 학부모와 동료 교사의 눈초리는 따갑다.
여전히 남 이야기 좋아하는 사람들은
나에 대한 고민보다
다른 사람에 대한 불필요한 걱정을 하느라 바쁘다.

자신의 발전을 위해 어떤 이야기를 들을지는 자신의 몫이고 선택이다.

누군가의 단점만 찾으려 덤비면
수만 가지의 단점이 보이겠지만
반대로 장점을 찾으려 덤비면
최소한 단 한 가지의 장점이라도 찾을 수 있다.
그 장점을 닮기 위해 노력했으면 한다.

나는 지금도 교직에서 존경할 만한 분을 찾는다.
하나라도 내가 닮고픈 부분이 있다면 어김없이 그를 따른다.
남들이 뭐라거나 말거나 나에게는 그가 스승이기 때문이다.

내게 온 사람.
그는 꽃씨 하나를 나에게 선물했지만
나는 내가 받은 꽃씨로
다른 이의 개인적인 아픔을 덮어줄 수 있는
큰 마음과 힘을 갖게 되었다.

초임 시절 아무것도 모르고 힘이 없을 때는

개인사를 그저 듣고만 있었지만
이제는 그런 아픔을 지닌
동료 교사들을 지켜줄 수 있는 힘이 생겼음에 감사하다.

내가 한 것은 잠긴 문을 두드린 것이었지만
그는 내게로 와서
나의 교직 선배이자 인생 멘토가 되었다.

* *

문득 궁금해진다

그가 내게 온 사람인 걸까
내가 그에게 온 사람이었을까

내가 간 건지,
그가 온 건지.

마음의 벽을 닫지 않았기에
서로에게 넘나들 수 있었던 것이라 믿는다.

결국 나에게 올 수 있는 사람은
내가 그를 받아들일 준비가 되어 있어야 가능한 것이다.

이 글을 읽는 동안,
내가 당신에게 온 사람이면서
당신은 내게 온 사람이기에

우리가 교감할 그 시점도 궁금해진다.

우리가 이렇게 하나씩 서로에게 도움이 되기를 바라본다.

정예슬

•
•

'완전히 소진되고 나서도

조금 더 소진되는 일을 하고 싶었다.

내가 누구인지 증명하는 일,

나를 행복하게 만드는 일,

견디면서 동시에 누릴 수 있는 일.'

지난 15년, 감히 행복했다

정예슬

"합격 떴어요!!!"

모녀는 자정이 넘은 시간 부둥켜안고 울었다.

20여 년의 지방 생활을 청산하고 상경했다.
눈 감으면 코 베어 간다는 서울로.
남동생은 이미 서울에서 대학교를 다니고 있었지만
엄마와 나는 병원 진료나 친구 모임 등 특별한 이벤트 외에
이곳에서 터를 잡고 살게 될 줄은 꿈에도 몰랐다.

"우리 세 식구 가까이 모여 살았으면 좋겠다."

평소 자신의 바람을 입 밖으로 내시는 일 없던 엄마가

아빠 돌아가신 후 처음으로 꺼내신 한마디.
그게 시작이었다.

당연히 나고 자란 경남에서 터를 잡고 살 줄 알았는데,
에버랜드 말고는 가본 적도 없는 경기도로 임용 시험 원서를 접수했다.

시원하게 1차에서 떨어졌다면 쳐다보지도 않았을 텐데
면접에서 0.4점으로 떨어졌다.

재수라곤 해 본 적 없던 내가
임용 재수를 위해 노량진에 갔다.
컵밥과 주먹밥을 먹어가며 공부했고
어느 모의고사에서 당당히 학원 벽에 이름이 붙었다.
서울도 가능하겠다는 생각이 들었다.

축 합격!

2009년, 발령을 몇 달 앞두고
세 식구가 함께 살 집을 구해야 했다.

어차피 연고라고는 없는 서울, 어디라도 상관없었다.
동생 학교와 가까우면서 엄마의 오랜 친구가 사시는 동네로
이사를 했다.

모든 것이 낯설었지만
세 식구를 한데 모아준 서울이
벌써부터 좋아지는 느낌이었다.

* *

"이번에 발령 받은 정예슬 선생님입니다."

중간 발령이라 혼자 교육청에 가서 선서를 하고
교무부장님과 함께 학교에 인사를 갔다.

푸른 잔디밭에 대학교라고 해도 믿을 만한 멋진 건물.
서울에서의 교사 생활이 시작되었다.

모든 것이 좋았다.
나는 교사를 천직이라 여겼고

나보다 더 이 직업에 잘 어울리는 사람은 없을 거라 생각했다.
이제 내 인생은 순탄하리라.

"그거 사투리예요?"
"우리 학교 후배들 보기 참 힘들다."
"저 엄청 힘들게 교감 된 거거든요. 꼭 '교감' 넣어서
불러주세요."
"저학년 아이들 가르칠 때는 밝은 옷이 좋겠지요?"
"수업을 재구성 했다고요? 누구 맘대로요? 대체 교과서가 왜
있겠어요?"
"남학생이랑 엮이지 않게 조심해. 작년에 소문 돈 거 모르지?"

사건의 면면을 나열하지 않아도 교사 여부를 떠나
무슨 일이 있었는지 이해할 수 있을 것이다.

그럴 때마다
그저 웃거나 우는 일밖에 하지 못했다.

시간이 흐르자
뾰족했던 말들이 무뎌지고

기억에서 점점 흩어졌다.

* *

상처는 그저 아픔만 남기진 않는 모양이다.
일련의 사건들이 남긴 흔적은
꽤 긍정적인 변화를 일으켰다.

첫째, 사투리를 고쳤다.
동향 사람들은 특유의 경상도 억양을 짚어내기도 하지만
다수는 으레 나를 서울 사람이라 여겼다.

여전히 [소스]를 [쏘쓰]라고 발음하지만.

둘째, 호칭에 주의한다.
직장 밖에서도 아줌마, 아저씨라 부르기보다
선생님, 사장님 등으로 부르는 게 예의니까.
사회생활에서 인사와 호칭은 가장 기본이란 생각으로
교.감. 선생님과 교.장. 선생님에 특히 유의한다.

셋째, 반면교사 삼기로 한다.
어쩌다 어른, 어쩌다 선배가 아니라
비로소 어른, 바람직한 어른이 되고자 애쓴다.

살아생전 인격적으로 완성에 이르는 사람이 얼마나 될까?
마지막에 마지막까지 성장하는 것이 인생 아닌가.

그런 의미에서 우리 모두는 진행형이다.

"선생님 보고 싶어요."
"정말 감사드려요, 선생님."
"저 ○○○예요. 기억하세요?"
"항상 응원드려요, 선생님!"
"찾아뵙고 싶어요, 선생님!"

15년 교직 생활이 상처로 점철된 것은 아니다.

이렇게 따뜻한 말들,
그 한 마디 한 마디가 나를 여기까지 이끌었다.

* *

2022년 여름, 첫 책을 내고 북토크를 했다.

어떻게 알았는지 무려 9년 전 가르쳤던 제자가 엄마와 함께
참석을 했다.

행사를 마치며 사인을 하는데
"선생님 저 아시겠어요? ○○이 엄마예요."
라고 말씀하셔서 깜짝 놀랐다.

내 발걸음이 단순히 찍히는 것 같지만
아니 남는지도 모르고 걷고 있지만.
실은 이렇게 연결되고 이어지고
삶은 과거에서 현재로 다시 미래로
계속해서 흐르고 있다.
물 흐르듯 그렇게 흘러가는 것이다.

그러니 어느 부분만 덜어내어
이만큼만 '나', '내 인생'이라고 할 수 없다.

그 순간 내게 악인으로 다가온 사람도
시간이 지난 지금은
그저 한 사람으로서 내 삶을 관통한다.

> 사람이 온다는 건
> 실은 어마어마한 일이다.
> 그는
> 그의 과거와
> 현재와
> 그리고
> 그의 미래와 함께 오기 때문이다.
> 한 사람의 일생이 오기 때문이다.
>
> – 정현종, 「방문객」

학부모 총회에서 읽어드린 시다.

아이들도 학부모도
한 명 한 명 그들은
각자의 현재, 과거, 미래와 함께 온다.

엄청난 인연으로 맺어진
귀한 만남 앞에 절로 숙연해진다.

* *

“세계적으로 훌륭한 교육자가 되고 싶습니다!”

한때 내 꿈이었다.
지금은 훌륭한 교육자를 꿈꾸지 않는다.
부끄럽지 않은 어른이면 충분하다.

원하던 학교에 갔다며 연락이 오는 제자들,
이제 자유롭게 SNS를 하며 안부를 묻는 제자들에게.

선생님도 이렇게 하루하루 열심히 살아가고 있다고.
늘 배우는 자세로 새날을 맞이하는 중이라고.

몸소 행동으로 본을 보이는 어른이 되려 노력한다.

“선생님은 이렇게 똑똑한데

더 열심히 공부해서 변호사가 되는 게 좋았겠어요."

작년 우리 반 똘똘이가 한 말이다.
그때 내가 뭐라고 말했더라.
하하 웃고 말았던가, 네가 그 꿈을 이뤄 달라 했던가.

드라마를 보고 호텔리어를 꿈꾼 적은 있었지만
언제나 내 꿈은 교사였고
누군가의 성장과 변화에 쿵쿵 가슴이 뛴다.

'완전히 소진되고 나서도
조금 더 소진되는 일을 하고 싶었다.

내가 누구인지 증명하는 일,
나를 행복하게 만드는 일,
견디면서 동시에 누릴 수 있는 일.'

김연수 소설가의 말을 읊조리며
아이들을 보내고서
완전히 소진된 상태로

방과 후 길게 드리우는 행복을 만끽한다.

이제 비록 학교를 떠나게 되었지만
나는 늘 누군가의 선생님으로
가르침과 배움을 이어갈 것이다.

이 글을 읽는 모든 사람들이
세상에 필요한 일을 한다는 자부심으로
각자의 길을 걸어갔으면 좋겠다.

지은정

•
•

노래 마지막에 아이들이 구호를 외치며
팔을 높이 들어 알파벳 브이 모양을 만들었다.
나도 고개를 뒤로 꺾고 팔을 높이 들어
대문자 브이로 화답했다.

모차르트와 교통정리

지은정

"그래서 수학과는 이름을 정했대?"

"뭐라고 정했는데?"

박 선생님이 교무 수첩을 뒤적거리더니 메모를 읽었다.

"피타고라스, 가우스, 데카르트, 파스칼이라네요?"

"어이쿠!"

부장 선생님이 감탄사인지 한숨인지 모르겠는 외마디를 질렀다.

"그럼 우리도 반 이름을 예이츠, 밀턴, 헤밍웨이, 오스틴으로 할까요?"

"애들이 밀턴을 알까? 셰익스피어면 몰라도?"

박 선생님이 고개를 갸우뚱했다.

"셰익스피어는 발음이 너무 어렵잖아요. 반 이름으로는

아웃이죠."

독일 월드컵의 열기가 뜨거웠던 그해
우리는 교육 정보부실 한 귀퉁이에 모여 앉아 있었다.

테이블 위에 어지럽게 흩어진 2학기 시수표와 공문
꾸러미를 보며
다들 애먼 관자놀이만 꾹꾹 눌러댔다.
나는 운동장 쪽으로 나 있는 창문을 조금 열고 밖을
쳐다보았다.
창문 바로 옆에 우뚝 솟아있는 은행나무 색이 달라져 있었다.

'그래, 이제 곧 가을이니까.'
너무 바빠서 계절이 바뀌는 줄도 몰랐었다.

1학기와 달리 조금은 여유가 있을 거라 생각했던 2학기는
개학하자마자 교육청에서 내려온
'영어, 수학과 수준별 이동수업 시행 계획안 제출' 공문으로
비상이 걸렸다.

중간, 기말고사 시험문제는 똑같고,
보조교사도 내려보내 주지 않는 수준별 이동수업이
무슨 효과가 있냐 싶어
학년 초에 반대의견을 모아 전달했지만
받아들여지지 않은 것이다.
"아니 수준별 이동수업을 하려면 교과서도 다르게 쓰고
평가도 달라야 효과가 있을 텐데."

또 하나 해결해야 할 과제가 있었으니
영어반을 상, 중, 하로 나누되
상반/중반/하반으로 부르면 안 된다는 것이다.
학생들에게 위화감을 조성한다는 이유에서였다.
아버지를 아버지라고 부르지 못하는
홍길동이 된 기분이었다.
나누라고 할 때는 뭐고, 상, 중, 하를 티 내지 말라니
이게 무슨 코미디란 말인가!

교무 수첩 두 장을 빼곡 채운 낙서 끝에
우리는 베리타스*veritas* / 제니쓰*zenith* / 체리쉬*cherish* /
빅토리*victory*라는

혀가 지나치게 꼬이지 않으면서도 '있어 보이는' 반 이름을 짓는 데 성공했다.

* *

외딴 변두리에 위치한 우리 학교는,
고등학생이지만
초등학생 영어 단어 수준에도 못 미치는
어휘 실력을 지닌 학생들도 많았다.

더불어 또 하나 골치 아픈 일이 있었으니
바로 1학년이 10반으로 구성되어 있다는 것이다.
상/중/하 세 반씩 묶으면 한 반이 남는다.
이 말인즉슨 상/중/하/하하반 4그룹을 만들어야 한다는 이야기다.

예상했지만,
상, 중, 하 중에 하반은 과의 막내인 내 차지가 되었다.
중간고사 후에 담당을 바꿔준다고는 했지만
뭐 그건 그때 가봐야 아는 거지.

드디어 운명의 그날이 왔다.
빅토리반 즉 하하반 첫 수업을 시작하는 날이다.
교실에 들어가자
학생 부장님 자리에서 노상 벌을 서던 익숙한 얼굴이 눈에 띄었다.
수업 종이 친 지 한참 됐지만
그제야 어슬렁거리며, 앞문을 벌컥 열고 들어오는 아이에게 버럭 하면서 수업을 시작하였다.

교과서가 있는 아이는 절반도 채 되지 않았고
그나마 여기저기 뜯기고 책 표지가 반도 남지 않아 형체를 알아보기 힘든
걸레짝 같은 책이 대부분이었다.

나는 돌아서 칠판에 분필이 부러져라 힘을 줘
'빅토리반 수행평가 기준 안내'라고 적었다.

앞에서 두 번째 줄 짝다리로 앉아 정신 사납게 다리를 떨던 학생 A가
볼멘소리로 외쳤다.

"빅토리반은 무슨 빅토리반이에요.
우리 하반인 거 다 알아요! 거기다 애들이 왕! 하반이라고
놀린단 말이에요."

만만치 않을 걸 예상했지만
일주일도 되기 전 두 손 두 발 다 들 지경이었다.
내 처지와 비슷하게
공부에 관심 없기로 소문난 고등학교로 신규 발령을 받은
비운의 발령 동기 선생님에게 S.O.S를 쳤다.
"반마다, 애들 사이에 리더, 짱이라는 애가 있을 거야.
걔한테 도와달라고 해."
"어떻게?"
"매점에 데려가서 빵을 사줘."

그게 무슨 솔루션이냐고 비웃었지만, 절박했다.
다른 애들보다 나이가 많아 형이라고 불리는 P를
빅토리반 영어과 반장으로 임명하고 매점으로 갔다.
다행히 P는 매번 수업이 시작하기 전
친구 한 명과 교무실에 와서, 카세트와 노트북을 나르고
수업 시간에도 반장 역할을 톡톡히 하는 의리를 보였다.

* *

빅토리반 아이들의 가장 큰 문제는
주의가 산만하다는 거였다.
거기다가 반 이동까지 하다 보니,
아이들 교과서와 노트 검사를 하고 자리에 앉히고 분위기를
차분하게 만들어
수업에 진입하기까지의 시간이 너무 길고 지난했다.

특단의 조치를 취하기로 했다.
"아인슈타인도 자기 뇌의 2%밖에 사용하지 못하고 사망한 거
아니?
가만히 보면 너희도 머리가 엄청 좋다.
다만 머릿속 정리가 필요할 뿐이야.
그래서 너희들 두뇌력을 향상시키고 수업을 시작하기로
하겠다."

2살짜리 아이를 키우는 선배 언니에게 얻어온
모차르트 태교 음악 CD를 컴퓨터에 슬쩍 밀어 넣었다.
"IQ 테스트 전 모차르트 피아노곡을 들으면 점수가

향상된다고 해.
우리도 매일매일 IQ가 올라가는 거야!"
중간중간 말을 멈추며,
아주 엄중한 표정으로 굉장한 비법이라도 푸는 듯이
분위기를 조성했다.

사이비 교주가 된 기분이었다.
하지만 방법이 없지 않은가?
뭐라도 해서 수업을 시작할 수 있는 분위기를 만들어야 한다.

어리둥절 영문을 몰라 하는 아이들에게
눈을 감고 명상 시간을 하자고 밀어붙였다.
간절한 바람과 당근과 채찍 전략 덕분인지
명상 시간은 근근이 유지할 수 있었다.
몇몇 아이들은 실제로 머리가 좋아진 느낌이라면서
내 앞에 와서 수박처럼 자기 머리를 두들겨 보이기도 했다.

매일매일 필요 이상으로 변화무쌍하고 역동적인
하반(체리쉬)과, 하하(빅토리)반 수업도 학기 중반에 들어섰다.

* *

그 무렵 교내 팝송 합창대회가 있었다.
교내 팝송대회는 영어과의 가장 큰 행사다.
아이들은 들뜰 대로 들떠 영어 아래 한글 토씨를 달아가며
열심히 연습했다.
체리쉬, 빅토리반 아이들은 노래 실력과 끼는 넘치는
아이들이었기에
모처럼 활기가 돌았다.

문제는 소위 '구멍'으로 불리는 아이들이다.
K와 같은 아이들 말이다.
K는 기면증이 의심될 정도로 노상 자는 학생이었다.
처음에는 교실 뒤로 내보내는 등
정신을 차리게 하려고 애를 썼다.
하지만 뒤에 서서도 머리를 세차게 꾸벅이며 졸았기 때문에
쓰러질까 봐 곧 그만두었다.

여러모로 사람을 놀라게 하던 K가
우리에게 황당하지만 큰 웃음을 준 사건이 있었는데,

때는 바야흐로 칠흑같이 어둡고 천둥 번개가 치는 날이었다.
천둥소리가 날 때마다 소리를 지르는 아이들 때문에
수업 진행은 어려웠다.
아이들이 귀신 이야기를 해달라고 졸라대서
팀 버튼 감독의 영어 영화 몇 장면을 보여주었다.

화면에 무서운 분장을 한 주인공이 등장함과 동시에
“우르릉쾅쾅” 고막을 찢을 듯한 천둥소리가 나자,
아이들이 일제히 “아악” 하고 비명을 질렀다.

순간 자고 있던 K가 자리에서 벌떡 일어나더니
“으어헉” 하고 고라니 소리를 내며
“앞이 안 보여, 안 보여.”
하는 바람에 반 아이들 모두 책상을 치며 정신없이 웃었다.

그런 K가 빅토리반에서 합창대회를 나갈 그룹을
정하기 위한 영어퀴즈의 마지막 주자로 당첨이 되자,
옆에 있던 다른 조원들은 망연자실한 표정을 지었다.
제비를 뽑아 칠판에 적힌 영어 단어 뜻을 쓰는 게임이었는데,
몇 주 전부터 학습지를 나눠주고 반복 학습을 시킨

단어들이었기 때문에
좀 길긴 해도 전혀 무리 없는 수준이었다.
K가 뽑은 단어는 traditional.
K가 쭈뼛거리며 고개를 돌려 조원들을 쳐다보자
조원 중 한 아이가 입 모양으로 '전통적인'이라고 했다.
K는 알아들은 표정이 아니었다.

이번에는 나지막하게 소리가 들렸다.
"전통적인, 전통적인 야! 전통적인"
이러다가는 반 아이들에게 다 들릴 지경이어서
제지시켜 다가가려는 순간!
K는 결심했다는 듯이 분필을 들어 답을 썼다.
흡사 'ㅈ' 자를 쓰려는 것처럼 보였다.
'소리를 들었나 보다!'
K와 같은 조원들이 이제 됐다는 듯
주먹을 불끈 움켜쥐고 숨을 죽이며 칠판을 응시했다.
K는 한 치의 망설임도 없었다.

'교 ― 통 ― 정 ― 리'

"와아!" 상대편 조에서 환희의 함성이 터져 나왔다.

* *

"데스몬은 몰리를 보석 가게에 데리고 가네~
다이아몬드 반지를 사주었지.
오블라디 오블라다 라랄라랄 라라라~

데스몬과 몰리는 예쁜 집을 지었네
멋진 마당에서는 아이들이 뛰어놀고 있네
오블라디 오블라다~"

팝송대회가 열리는 무대에서
비틀즈의 오블라디 오블라다가 경쾌하게 울려 퍼졌다.

최선을 다하는 아이들 사이 정중앙,
여학생들 교복을 빌려 입은 빅토리반 영어반장 P가
머리에 앙증맞은 핀을 찌르고 율동을 한다.

청중석에서는

아이들이 노래 가사에 맞춰 만들어 온
다이아몬드 반지를 흔들며 응원했다.
반지에 반짝이까지 뿌려놓아
조명이 비치자 정말 20캐럿 다이아몬드로 보였다.

그 옆에는 졸지 않고 눈을 크게 뜬
K가 수술을 열정적으로 흔들며 응원을 하고 있었다.

'K의 웃는 모습이 저렇게 예뻤구나….'

"나쁜 일이 생겼을 때 너무 괴로워하지 말아요.
인생은 오블라디 오블라다~
우리는 브이― 아이― 씨― 티 ―오 ―알 ―와이!
승리의 빅토리! ~"

노래 마지막에 아이들이 구호를 외치며
팔을 높이 들어 알파벳 브이 모양을 만들었다.

나도 고개를 뒤로 꺾고 팔을 높이 들어
대문자 브이로 화답했다.

아이들이

움츠러들지 말고

커다란 나무처럼 구름을 뚫고 자라길 바라면서….

김성화

아이를 낳고 나서 알았다.

부모는 누구나 아이를 잘 키우고 싶다. 하지만 그게 말처럼 쉽지 않다.

아이를 낳아 키운다는 건 인간 자체에 대한 너른 마음을 빚어가는 과정이다.

M과 Z세대 교사On

김성화

나는 86년생 학년 부장 교사다.
MZ세대의 M세대 교사다.

그동안 교직에서 내 정체성은
몇 학년의 2반, 5반 선생님이었다.
1이나 4가 아닌 숫자는 학년의 부장이 아니요,
학교 교육과정의 큰 줄기를 도맡아 하는 기능부장도
아니라는 뜻이다.

아이들과 그저 즐거운 1년을 반복해 온 지 십여 년의 세월이
지났다.
연애도 했고, 결혼도 했고, 출산도 했다.

나이로 보나 경력으로 보나
현재 대한민국은 80년대생이 사회 전반에 본격적으로
존재감을 드러내는 시기다.

연차가 쌓여
1반이라는 숫자의 무게를 메는 타이밍이 온 것이다.

학년 부장 이름표를 달고
이제 겨우 두 번째 해를 보내고 있다.
돌잔치를 끝낸 부모가 제아무리 성숙한 척해도 어딘가
어설프듯
나 역시 어설픈 학년 부장이다.
나보다 12살 더 어린 선생님들과 한 팀이 되어
Z세대와의 팀워크를 맞춰야 하는 시점이 되었다는 뜻이다.

그동안 혼자 결정하기 어려운 많은 일을
선배 선생님과 상의하였고
선배 선생님의 조언으로
어려운 의사결정의 순간에서도 쉽게 해결되는 일이 많았다.
언제나 나를 안심시킨 건 나보다 10살 이상 많은

선생님의 존재 그 자체였다.

* *

내가 이제 선배 선생님이 되어서
후배 선생님들의 상의 대상이 되고, 조언을 해야 했다.

그 부담감은 눈 점막에 하나둘 다래끼로 생겨났다.
힘겨웠던 하루에는 어김없이 다래끼를 마주했다.
다래끼는 부풀어 올랐다 작아졌다를 반복할 뿐
사라질 생각을 하지 않았다.

학년 부장으로 지내는 매일이 고군분투였다.
무엇 때문에, 얼마만큼 힘들다고
누군가에게 속 시원히 나열할 수 없었다.

나의 절규는 가족오락관 고요 속의 외침이다.

겉으로는 노사연처럼 유쾌해 보이지만
매일 나 혼자 속으로 바락바락 외치는 중이다.

"나! 좀! 살! 려! 줘!"

학년 부장이 된 이상 동학년 선생님을 돕고 싶다.
무엇이든 물어보면 척척 알려주고, 지름길도 알려주고 싶다.
하지만 묻지도 않는 것을 '이거 알아요?' 하고 꺼내면
거들먹거리는 것처럼 보일 테고
내 생각을 말하면 '젊은 꼰대'로 비칠까 두렵다.

동학년 선생님 중 하나는 98년생으로, Z세대다.
내가 관찰한 홍 선생님은
상냥하지만, 말수가 적고 웬만큼 친하지 않으면
같은 나이라도 말을 놓지 않는다.

어느 날 홍 선생님의 한숨 섞인 고민을 들었다.
팝콘처럼 날뛰는 아이들을 통제하기 어려워서 힘들다는
말이었다.

발령 첫해가 떠올랐다.

아이들이 너무 예쁘고 나는 사랑이 넘치는데

그 사랑을 어떻게 표현해야 하는지 몰라 헤맸다.
아이들의 눈높이에 맞춰 요구사항을 잘 들어주면
천사 같은 얼굴로 따라줄 거라 생각했지만,
아이들은 요구사항이 더 많아졌고
날이 갈수록 이리 튀고 저리 튀는 아이들을 보며
화가 머리끝까지 올랐다.

연차 높으신 선생님들 눈에
'신규교사는 역시 어설프다'는 인상을 줄세라
어떤 날은 〈풀하우스〉의 상큼 발랄 송혜교였다가
어떤 날은 〈더 글로리〉의 섬뜩한 송혜교,
두 캐릭터를 오갔다.

몇 년의 시행착오를 겪으면서
이왕이면 알아서 척척 굴러가는 학급을 만들고 싶었다.
학급 경영 노하우가 담긴 책도 읽어보고, 연수도 들었다.

하지만 한결같이 나는 시도할 수 없겠다는 서두른 결론만
내리고 그만두었다.

몇 년의 담임 경력이 알려준 것은
태도의 일관성이 꼭 필요하다는 것이다.
아이들을 대할 때 사랑하는 마음은 베이스로 깔되,
표현하는 방식이 반드시 허용적이어야 할 필요는 없었다.

학생들과 정한 학급 규칙은 일관되게 적용해야 아이들도
혼란스럽지 않다.
무서운 호랑이 선생님이어야 할 필요도, 사슴 같은 눈망울의
선생님일 필요도 없다.

연차가 쌓이면 학급 경영 능력도, 업무 처리 능력, 학부모를
대하는 기술도
정비례 그래프처럼 쭉쭉 늘어가는 거라면 좋겠다.

하지만 그렇지 않다.
나의 현재 레벨을 마주하면
피부과 푸른 형광등이 켜진 파우더룸에 앉아 마주한 민낯 같다.
어찌나 초라한지 눈을 질끈 감고 싶다.

하지만, 경력이 쌓임에 따라

좋아지는 것도 분명 있어야 하지 않겠는가?
경력을 허투루 먹는다면
지나온 세월 속 흘린 눈물이 야속하다.

나는 곰곰이 생각하며 세 가지 결론을 내렸다.

* *

첫째, 학생 지도에 대한 철학이 생겼다.

교직 생활 중 아이들을 대하면서 똑같은 일이나 비슷한 일을 경험해 보았다.
매년 20여 명의 아이들×십여 년.
교실 속 다양한 유형의 아이를 지도했기 때문에
어떤 유형의 아이는 이렇게 대했을 때 어떤 결론이 났는지 데이터가 있다.

예를 들면 매년 교실에는 느린 유형의 아이가 있다.
이런 유형의 아이들을 대할 때 유의할 점은 재촉하지 않는 것이다.

행동이 느린 아이들은
자기만의 속도에서 다음 단계로 전환하는 것이 어려운
경우가 많았다.

행동이나 글씨 쓰기 등 친구들에 비해 느린 아이들은
자기만의 고집이 강해 고지식하다 할 수 있는 원칙주의
성향이었다.
그런 아이들에게 왜 이렇게 느리냐고 타박하면
내 속만 답답할 뿐 행동의 변화는 없다.
아이의 자존감만 떨어지고 그 때문에 친구 사이에서도
낙인이 찍힌다.

아이에게 해 줄 것은
다음으로 넘어갈 타이밍을 알려주고,
우선순위에 따라 선택하게 안내하는 것이다.

할 일을 대충 끝내지 않는 아이의 태도에서
책임감과 성실함, 정직함에 밑줄 긋고 아이를 대했다.

분명한 점은 그러한 자기만의 레이스에서

조금씩 아주 조금씩 나아지고 있다는 것이다.

1년을 키우는 담임교사 눈에는
괄목할 만한 성장을 보이지 못해도
종단으로 추적하여 살펴보면 꾸준히 성장해 왔다는 점을
알 수 있다.
6학년 졸업식 날 많은 부모님의 눈물이 그것을 말해준다.

둘째, 학부모에 대한 너른 마음, 성숙함이 생긴다.

"선생님이 애를 안 낳아보셔서 그래요."

어떻게 나한테 이럴 수 있지?
입술이 바들바들 떨릴 정도로 속상했던 그 한마디.
미혼일 때 나에게 던지고 간 학부모의 한마디 때문에 속이 쓰렸던 경험이 있다.

'아니, 내가 아이들을 얼마나 생각하는데!
애를 안 낳았다고 아이들을 이해 못 한다고? 말도 안 되는 소리.'

억울했지만 이제는 안다.
그 문장의 속뜻을.

아이를 낳고 나서 알았다.
부모는 누구나 아이를 잘 키우고 싶다.
하지만 그게 말처럼 쉽지 않다.
아이를 낳아 키운다는 건
인간 자체에 대한 너른 마음을 빚어가는 과정이다.

어디에 내놓기 한없이 부족한 내 아이를 사랑하고
키워내야 함을 마음이 부서지며 깨닫는 것이다.

그런 마음은 아가씨는 절대로 알 수 없는 건 맞다.

학부모님은 내가 아가씨라서 나를 무시한 게 아니다.
나의 노력을 몰라준 게 아니다.

아마도 이 아이를 위해 부모로 수많은 노력을 해 보았고
지금도 하는 중이며,
그렇게 노오오오력해도 아이가 내 마음만큼 키우기가

어렵다는 마음을
미혼인 선생님은 모른다는 뜻이었을 거라고.
부모가 된 지 9년쯤 되니 조금은 헤아릴 것 같다.

셋째, 학교 일에 대한 큰 그림을 이해하는 이해력이 생긴다.

학교 일은 인수인계 해준 선생님의 폴더와 에듀파인
기안문을 통해 배운다.
폴더에 파일 정리는 이렇게 해두어야 하겠다고 느끼게 해준
수많은 선배 선생님들의 폴더에게 경의를 표한다.

학교를 옮기거나, 새 학년이 되면 새로운 업무를 맡아야 한다.
학교 일은 누구나 할 만하여 희망 업무 작성란에 망설임
없이 적는 업무가 있고,
학교 폭력 담당처럼 누구나 기피하는 업무가 있다.
경력 5년 차까지 다음 해에 어떤 업무를 받을까 겨울 방학 내내
전전긍긍했다.
'업무 폭탄을 주면 어떡하지?'

쓸데없는 걱정이다.

관리자는 선생님의 학교 경험 레벨, 즉 경력에 따라 일을 분배한다.
다시 말하자면 감당할 무게만큼 짐을 지워준다.
경험과 경력이 적은 교사가 큰 업무를 받을까 떨 필요가 없다.
학교에서 내가 제일 힘들다고 외칠 필요도 없다.
힘들고 무거운 짐은 이미 선배 선생님들이 묵묵히 지어주고 있으니.

* *

MZ세대의 공통점을 찾자면
M세대인 나와 Z세대인 홍 선생님은
둘 다 '디지털 세대'이면서
재미를 추구하면서 살고, 사고가 자유로운 편이다.

또 사생활에 대해 간섭하는 것도 싫어한다.
네가 좋아하는 것을 나도 좋아하고 내가 싫어하는 걸 네가 알기에 서로 배려하며 존중할 수 있다.

홍 선생님은 12년 전 김 선생님이 아닐까 싶다.

어쩌면 내가 홍 선생님에게 건넸던 말은 12년 전 나에게 해주는 말이리라.
나에게 십여 년 전 누군가가 해 주었으면 좋겠다 싶은 말이리라.

기억하지 못해도 나에게 따스한 말을 건네 준 수많은 선배 교사가 있었었을 것이다.

김성효 교감 선생님의 『교사의 말연습』의 네 문장이 떠오른다.

"온 세상에 나무가 비바람에 흔들리면서도 자라는 것처럼
우리도 그렇습니다.
그 어려움을 값있게 바라봐 주세요.
그 안에서 성장하고 발전하는 자신을 사랑해 주세요.
선생님은 작은 어려움에 무너지기엔 너무나 소중하고 가치 있는 사람이에요."

홍 선생님, 그리고 김성화 선생님,
계속 걸어가세요. 지금처럼요.

박현수

•
•

아이의 말에

아이의 생각에

존중을 더하는 일

서로가 서로를 존중하는 일

이 안에서 아름다움이 피어난다.

ON!
아름다움

박현수

'드디어 여기까지 왔구나!'
간절히 원했던 교사가 된 날
기분 좋은 설렘과 떨림이 함께했던 날
빛나는 이날을 맞이할 수 있었던 건
나에게 아름다움을 가르쳐 준 사람들 덕분이었다.

어렸을 때부터 하고 싶은 일이 너무 많았던 나는
몇 번이나 진로를 바꾸며 고3 수능 후 교육과는 거리가 먼
전공을 선택했다.
당시 나는 죽어도 선생님은 하지 않겠다고 생각했다.

'드디어 학교를 벗어났구나! 대학에서 내 꿈을 펼쳐보겠어!'
당찬 각오와 함께 시작한 파릇파릇한 스무 살 청춘 라이프!

하지만 스무 살 라이프는 그리 만족스럽지 않았다.
내가 생각했던 것과는 다른 삶에 불만이 쌓여가고 있을 무렵
그들이 내게 왔다.

"선생님, 이건 어떻게 해야 하나요?"
"선생님, 이 부분이 잘 이해가 안 돼요."

넉넉하지 않았던 집안 형편에 시작했던 과외에서 만난 아이들
부모님의 권유로 시작했던 교회학교 봉사를 통해 만난 아이들

'아! 나는 가르치는 일을 하고 싶은 사람이구나!'
이것을 알려준 아이들이었다.

교육의 아름다움

아이들을 가르치는 일은 생각보다 즐거웠다.
'절대 선생님은 되지 않겠어!'
고정관념이 이렇게나 무서운 것임을 깨달았다.

나를 통해 변화하는 아이들,
그리고 아이들을 통해 변화하는 나
내가 누군가에게 긍정적인 영향을 줄 수 있는 일,
그리고 누군가가 나에게 배움을 줄 수 있는 일
서로가 서로에게 꽃이 되는 일
정말 아름다운 일 아닌가?

아이들 덕분에 이것을 알게 된 나는 큰 결심을 했다.
'가르치는 일을 하고 싶어! 다시 수능을 봐야겠어!'

어려운 형편 속에서 이미 1년이나 고액의 등록금을 내며
학교에 다닌 상황이었다.
그래서 이 결심을 부모님께 말씀드리기가 죄송했다.
하지만 이 길이 정말 내가 가야 할 길이라면

어떻게든 되지 않을까?

내가 할 수 있는 노력을 다하면 길이 열리지 않을까?

존중의 아름다움

“저 교대에 가고 싶어요. 다시 수능 보고 싶어요.”
“다시 수능을?”
스무 살 딸의 고백에 부모님은 당황하셨다.
한참을 고민하시던 부모님은 결정을 내리셨다.

“네가 하고 싶다면 해야지.”
늘 딸의 결정을 존중해주시던 부모님은
여러모로 부담될 수 있는 이 선택마저도 지지해주셨다.

나이가 들수록, 경험이 많아질수록
보이는 것이 많아진다.
그래서 당사자인 아이의 생각은 뒷전에 놓고
내 생각만 존중하려고 할 때가 있다.

이럴 때 부모님께서 보여주신
‘존중의 아름다움’을 떠올린다.

물론 아이가 원하는 모든 일을 다 들어줄 수 없다.

하지만 그 안에 '무시'가 아닌 '존중'을 넣는 일은 할 수 있다.

아이의 말에

아이의 생각에

존중을 더하는 일

서로가 서로를 존중하는 일

이 안에서 아름다움이 피어난다.

노력의 아름다움

스물한 살

'이렇게까지 공부를 열심히 한 적이 있을까?'
싶을 정도로 공부에 매진했다.
당시 교대의 인기는 엄청났다. 웬만한 점수로는 들어가기
어려웠으니 말이다.
학창 시절, 적당한 수준에서 공부를 해왔던 내가 이 점수를
따라가기 위해 할 수 있는 일은
엄청난 노력을 하는 것뿐이었다.
노력밖에 답이 없음을 알았기에 노력하고 또 노력했다.
(늘 중위권에 머물렀던 수학 점수를 상위 1% 이내까지 올리는 건 노력이 있어야 가능하다.)

내가 정말 하고 싶은 일을 하기 위해
목표를 달성하기 위해
달리고 또 달리는 일
이 얼마나 아름다운가?

'왜 이렇게 해도 안 되지?'
'나 정말 교대에 갈 수 있을까?'
불안하기도 했지만,
그 안에서 나를 반짝반짝 빛냈던 건
'노력'이라는 두 글자였다.

지금도 아이에게 이야기한다.
"엄마는 공부했던 그 시절을 자랑스럽게 네게 이야기할 수 있어.
엄마는 정말 최선을 다해 공부했거든.
이것보다 더 열심히 할 수는 없다고 생각할 정도로 공부했고,
지금도 그렇게 생각해."

무언가를 위해 노력하는 일이 아름답다는 것을 깨달으면
내가 하는 일에 정성을 다하게 된다.

"선생님은 교육에 최선을 다하시는 것 같아요."

감사하게도 이런 말을 자주 듣는다.
노력의 아름다움을 아는 사람은
이러한 기쁨을 주는 말을 들을 수 있다.

다시 본 수능에서 내가 받은 성적표는
기대 이상이었다!
머리가 좋은 편은 아니었으나 '목표, 공부법, 노력' 세 박자가
잘 맞은 결과였다.

"약대를 써보는 건 어때?"
"SKY를 써보는 건 어때?"
부모님께서 제안하셨지만 내 목표는 '교대' 하나였기에
다른 것은 쳐다보지도 않았다.
당시 (가), (나), (다)군 이렇게 세 개 대학을 지원할 수
있었는데
(다)군은 쓰지도 않았다.
왜?
교대가 없었기 때문에!

대학에 안정권으로 입학한 뒤
노는 일에도 노력을 기울였다.
(열심히 논 만큼 이 시절도 참으로 후회가 없다.)

배움의 아름다움

그리고
그렇게나 알고 싶었던 교육에 대해 한없이 배웠다.
특히 내가 좋아했던 건
'직접 수업을 설계해서 실제로 해 보는 활동'이었다.
다른 사람 앞에 서는 것을 부담스러워하는 성향인 내가
수업만큼은 누군가의 앞에 서서 하기를 원한다는 걸
알 수 있는 시간이기도 했다.
"모의수업은 내가 할게!"
먼저 말을 꺼내기도 했으니 말이다.
모의수업 후 좌절할 때도 있었다.
하지만 더 나은 수업을 하기 위해, 더 멋진 교육자가 되기 위해
어떻게 해야 할지
배울 수 있는 멋진 시간이었다.

배움은 기분 좋게만 찾아오는 게 아니다.
지금 나의 부족한 부분을 아는 것이
배움을 해나가는 데 필요한 조건이기 때문이다.

진정 배우고 성장하는 사람이 되고 싶은가?
그렇다면 나의 부족함을 마주할 용기를 내야 한다.

열심히 놀고 배우며 대학 생활을 하다 보니
어느새 4학년이 되었다.
4학년 1학기에 큰 이벤트가 하나 있었으니 바로
교생실습!

실제 현장에 계신 선생님들을 보며
실제 학교 현장을 경험하며
교육에 대해 배울 수 있는 시간!

짧은 시간에 많은 일을 해내야 하는지라
바쁘고 힘든 시기이기도 했지만
이 안에서도 크나큰 배움을 얻는 일이 있었다.

'아! 나도 저런 선생님이 되고 싶다!'
생각하게 만든 정말 멋진 선생님을 만난 일이었다.

내가 만난 선생님은

따뜻한 지도력을 지니고 있었다.

아이들을 따뜻하게 대하며
뛰어난 지도력으로 교육하는 모습에
반한 나는
지금까지도 그 선생님의 수업 장면을 떠올리곤 한다.

나의 부족함을 마주하기 위해 용기 내는 일
이것을 채워나가기 위해 최선을 다하는 일
본받고 싶은 사람을 만나는 일
이를 통해 나는 지금보다 더 나은 나로 나아갈 수 있다.
나를 더 멋진 나로 만들어주는 배움은 아름답다.

교사가 되기까지
나에게 아름다움을 가르쳐 준
사람들이 있었다.

내게 온 아름다운 사람들!
이들을 만나지 못했다면
지금의 나는 없을 것이다.

나는 지금
아름다운 모습을 하고 있는가?
누군가에게 아름다움을 전파하고 있는가?

나도
아름다움을 나누는 사람이
되고 싶다.

3부

사랑

김설훈

10년이 지난 지금, 나는 여전히 그날을 생생하게 기억한다.

그 기억은 내 새로운 삶의 시작이다.

아버지가 되었고, 교사로서 새로운 삶도 시작되었다.

아빠가 되고
진짜 교사가 되었다

김설훈

10년 전, 그날이었다.

나는 산부인과의 수술실 앞에 서 있었다.
온 세상의 시계가 멈춘 것일까?
내 가슴 속 시계는 작동하지 않았고, 걱정과 기대만 자리를
채우고 있었다.

내 인생에서 이렇게 시간이 안 가던 때가 있었나?
1분이 60초가 맞나?
120초 아니었나?

아니 1분은 600초였을지도 모르겠다.

그림책 속의 시간을 훔치는 도둑이 있었다면
내 시간을 빨리 흘러가게 할 수 있을 텐데…

1분 1초가 1년 같다는 진부한 표현밖에 떠오르지 않았다.

얼마나 흘렀을까.

기나긴 기다림의 시간이 흐른 후
수술실 문이 열림과 동시에
나의 모든 감각과 감정이 멈춰버렸다.

삐직
삐직
삐직

누군가가 걸어오는 소리가 들렸다.
그 소리는 내 심장에 콱 콱 콱 박혔다.

지금 생각해 보면 왁스 칠을 한 바닥에 고무 신발이 붙었다가
떨어지는 소리였으리라.

간호사님이 무언가를 둘둘 감은 작은 수건을 내 품에
안겨주었다.

수술실 앞이었고, 나에게 넘겨준 것은 분명 아이였을 것이다.
그러나 그땐 아무 생각도 들지 않았다.
내가 무얼 받았는지도 몰랐다.

가장 먼저 반응한 것은 촉각이었다.
내 손에 무언가 올려졌는데…
가볍다…
이게 뭐지?

그리고 후각이 반응했다.
내 코를 자극하는 무엇…
시큼한 냄새…
이게 뭐지?

멍한 표정으로 간호사님을 바라보았다?

내 아이란다. 내 아들이란다.

내 아이라니, 내 아들이라니.

아들을 처음으로 안은 그 순간은 그런 느낌이었다.
그때 그 느낌을 아직도 생생하게 기억한다.

아이 울음소리가 복도를 가득 채우고,
그 작은 몸을 안으며,
이 세상에서 가장 큰 기쁨을 느꼈다.

가슴이 벅차올랐다.

오랜 기다림, 강렬했던 짧은 만남을 뒤로하고
다시 간호사님의 손에 안겨 들어갔다.
나는 그 자리에 멍하니 서 있었다.
지금까지 느껴보지 못했던 감정.

국어사전의 어떤 단어로도 형용할 수 없는 벅참이었다.

그 순간,
나는 아버지가 되었다.

아이의 피부는 부드럽고 따뜻했다.
붉었겠지만 그땐 그렇게 느꼈다.

아이의 작은 심장은 강하게 뛰었다.
수건으로 싸여있어 직접 보지 못했지만 분명히 손에 전해졌다.

아이의 작은 눈동자는 밝게 빛났다.
눈을 감았지만 내 눈에는 그것이 보였다.

병원을 나와서 산후조리원에서 다시 마주한 아이의 작은 몸.

아이의 작은 손은 내 손을 꼭 잡고 있었다.
아이의 작은 목소리는 내 마음을 녹였다.
아이의 작은 존재는 내 삶을 바꾸었다.

나는 아이의 가장 큰 지지자가 되고 싶었다.
나는 아이의 가장 큰 친구가 되고 싶었다.
나는 아이의 가장 큰 선생님이 되고 싶었다.
나는 아이의 가장 큰 사랑이 되고 싶었다.

그날, 나의 삶은 완전히 바뀌었다.

나는 아들을 위해 더 열심히 살겠노라 다짐했다.

* *

10년이 지난 지금, 나는 여전히 그날을 생생하게 기억한다.
그 기억은 내 새로운 삶의 시작이다.
아버지가 되었고, 교사로서 새로운 삶도 시작되었다.

10년 동안 많은 것이 변했다.
아빠와 엄마의 사랑을 독차지하던 아들에겐 동생이 둘 생겼다.

아이들이 잠에서 깨어나면 내 하루가 시작된다.
나는 아이들이 일어나기 전 새벽에 책을 읽고, 운동한다.
하지만 아이들이 모두 일어나면 내 진짜 하루가 시작된다.

아침 식사를 준비하는 아내의 손길이 부지런히 움직이고,
아이들은 잠이 덜 깬 채 아빠와 엄마를 부른다.

서로 안아달라고 난리다.
그 난리가 싫지 않다.
반갑고 감사하다.

축구선수가 꿈인 첫째는 하루의 시작도 축구와 함께다.
아침에 일어나자마자 휴대폰으로
전날 있었던 K리그와 해외 축구 뉴스를 훑어본다.
가끔은 힘겨워 보이지만
아들의 눈빛에는 항상 꿈을 향한 불꽃이 타오른다.

일곱 살인 딸은 아침부터 애교를 부려 아빠를 살살 녹인다.
특별히 하는 것이 없어도
존재만으로도 아빠인 나는 녹아내린다.
더운 여름날 입안에 넣자마자 녹아버리는 그 우유 빙수.
나 역시 그렇게 녹아내린다.
안아달라고 다가오기만 해도 그저 사랑스럽다.

다섯 살인 막내아들은 막내라는 이유 하나만으로 귀엽다.
보드라운 피부는 생크림을 손으로 만지는 것 같다.
잠에서 덜 깬 채 내 무릎에 앉아서 하품한다.

살이 닿기만 해도 내 얼굴에 미소가 피어오른다.
막내의 미소는 내가 세상에서 가장 행복한 아버지임을 깨닫게 한다.
아이들과 함께 보내는 아침은 나에게 소중한 행복이다.

아이들의 웃음소리와 함께하는 하루는 에너지를 준다.
열심히 살아야 할 이유가 된다.

* *

언젠가 선배 선생님이 말씀을 하셨다.
교사는 자기 아이를 낳고 키워야 진짜 교사가 된다고.

그때는 무슨 말인지 몰랐다.
내가 아빠가 되는 것과 교사가 무슨 관련이 있는지 이해하지 못했다.

그런데 세 아이의 아빠가 되고 나니 그 말의 의미가 와닿았다.
특히 첫째가 학교에 입학하고 난 뒤 교사로서의 내 마음가짐이 완전히 달라졌다.

그전에는 '이걸 왜 못해? 학부모들 왜 그래?'
생각할 때도 있었다.
하지만 아이가 학교에 가니
'못할 수도 있구나. 모를 수도 있구나.'
생각하게 되었다.

모든 가정의 환경이 같을 수는 없다.
화목한 가정도 있고 그렇지 않은 가정도 있다.
부모가 모두 있는 가정도 있고 그렇지 않은 가정도 있다.
내가 수년간 교실에서 만났던 아이들도 그랬다.

민수(가명)도 그랬다.

민수는 항상 조용하고, 혼자 놀기를 좋아하는 아이였다.
어딘가 외로워 보이기도 했다.
민수 부모님은 바쁜 직장 생활로 자주 집에 없었다.
민수는 대부분의 시간을 혼자 보냈다.
부모님이 집에 오는 시간이 늦어 민수는 혼자 밥을 먹었다.
민수를 보면 가슴이 아팠다.

집에서 아빠, 엄마의 보살핌을 받고,
가까운 곳도 같이 다니고 사소한 것도 함께하는
우리 아이들을 보면서
민수의 얼굴이 자주 떠올랐다.
민수를 보면서 우리 아이들이 떠오르기도 했다.

아들과 같은 나이인 민수.
그러나 너무나 다른 환경에 있는 민수.

그런 민수에게 언제나 따뜻한 말을 건네려 노력했다.
민수는 항상 혼자서 숙제를 해결하고 준비물도 혼자 챙겼다.
부모님의 확인을 받아야 하는 과제는 항상 안 되어 있었다.

그때마다 가슴이 아팠다.
숙제 검사를 받을 때마다 아이의 마음은 오죽했을까.

내가 민수의 부모가 될 수 없고,
민수의 환경을 바꿀 수도 없다.
결국 민수가 이겨내야 할 문제다.
민수를 보며 시간이 해결해 줄 거라고 합리화하기도 했다.

결혼하기 전에 민수를 만났다면,
혹은 아이를 낳기 전에 민수를 만났다면
지금처럼 마음을 쓰진 않았을지도 모르겠다.

민수와의 만남은 교사로서 나를 성장하게 했다.
아빠로서 아이들을 위해 어떻게 해야 할지 생각하게 했다.

민수의 아빠도 같은 마음이었을 것이다.

민수가 세상의 빛을 보기 전까지
초조해하며 시계를 보며 기다렸을 것이다.
민수를 품에 안았을 때 세상을 다 가진 듯
벅찬 감동을 느꼈겠지.
이 아이가 외로운 건 가족의 생계를 위해서겠지.
마음 아프지만 먹고살려면 어쩔 수 없다는 생각을 했을 테고.

그렇다.

모두 어쩔 수 없다.
민수 부모님도 어쩔 수 없고, 민수도 어쩔 수 없고,

나도 그렇다.

민수의 가슴속에도 어쩔 수 없는 외로움이 아닌,
따뜻함이 채워지는 날이 오길 바란다.

박명선

•
•

"민수야, 오늘 학교 끝나고 선생님이랑 맛있는 거 먹으러 갈래?"

용기를 내서 한 질문에도 대답하지 않던 아이가

어느 날 보일 듯 말 듯 끄덕여 준 고갯짓이

참 고마웠다.

씨앗

박명선

나의 첫 학교는 서울에서도 꽤 높은 산 동네에 있었다.

한쪽은 개발의 바람이 불어 이름을 들어본 듯한
유명 건설사 아파트들이 생기기 시작하지만
다른 한쪽은 산을 감싸고
작은 골목 사이로 다닥다닥 붙어있는 집들이
꼬리에 꼬리를 물고 있는 동네이다.

동네 이름 또한 산을 떠받치는 곳이라는 그곳에서
나는 한 아이를 만났다.

"선생님, 저 돈 좀 보내주세요."
"네?"

"아이 택시 태워 보내야 하는데 돈이 없어서요. 돈 좀 계좌로 부쳐주세요."

아침에 교실로 걸려 온 전화 한 통이 당황스럽다.

교사한테 맡겨둔 돈을 찾는 것처럼
당당하게 돈을 요구하는 태도도 그러하고

아이를 학교에 보내는 데 왜 돈이 필요하며
그 돈이 왜 나에게서 나와야 하는지 쉽게 이해되지 않는다.

황당한 마음도 잠시, 마음속 한 곳에서는
'진짜 보내야 하나? 얼마 보내야 하지?'
'엄청 급한 상황인가? 무슨 일이 생겼나?'
라는 생각도 스친다.

처음에는 당황스럽고
그다음에는 걱정도 되다가
마지막엔
이게 말로만 듣던 신규 교사를 얕잡아 보고 하는 행동인가?

라는 생각에까지 미치자 괜히 속상하고 억울하기도 하다.

학부모의 예상 밖 전화 한 통이 짧은 순간 다양한 생각에
잠기게 한다.
아침의 해프닝은 돈을 요구하는 당당함 속에
계좌를 찍어 보내는 치밀함까지는
포함하고 있지 않아
보내고 싶어도 보낼 수 없는 상황으로 허무하게 끝났지만

그날 아이는 결국 학교에 오지 않았다.

'내가 돈을 안 줘서 못 오는 건가.'라는 생각도 들었지만
그 아이는 이런 전화가 오지 않는 날에도 학교에 자주 오는
편은 아니었다.

어떤 날은 9시가 넘은 시간에,
어떤 날은 점심쯤에,
어떤 날은 아예 오지 않기도 했다.

특별히 아픈 것도 아니고

가족과 특별한 여행을 하는 것도 아닌데
자주 늦거나 학교에 오지 않는 아이가 학교 적응이
힘든 것일까 걱정했다.

8시 40분쯤,
재잘거리는 소리로 가득 찬 교실을 눈으로 빠르게 훑으며
아이의 출석 여부를 확인하고
집으로 전화를 하는 것은 꽤 익숙한 아침 일과였다.

출석 확인 전화이자 출석을 종용하는 전화이기도 하다.

전화 연결음이 여러 번 가기도 전에 어머니의 목소리가
들린다.
젊은 여자 선생님의 출석 확인에서
어머니는 반가움과 설렘을 느낀다.

가끔은 나랑 전화하려고
아이를 안 보내는 건가 싶은 생각이 들 정도로.

어머니가 이야기하는

아이를 학교를 보내지 못하는 이유는
무척 아픈 본인을
아이가 보살펴 주어야 하기 때문이란다.

그 이야기와 함께
우리 아이가 얼마나 나쁜 아이이고,
우리 남편이 얼마나 나쁜 사람인지를 이야기하며
본인이 얼마나 불쌍하고 힘든 사람인지를 이야기한다.

사랑이 고픈 엄마는
아이를 위한 전화에서도
항상 아이 대신 아픈 자신을 봐달라고 한다.

처음,
우리 아이가 나쁜 아이이며 이런저런 나쁜 행동을 했다고
고하는
엄마의 이야기가
무척이나 낯설고 충격적이었다.

보통의 부모들은

아이의 부족한 부분들마저도 예쁘게 여기지 않던가.
혹시 부족한 부분을 발견하더라도
감싸며 다른 사람 앞에 드러내고
깎아내리지는 않지 않나.

자주 울면서 슬픔을 토하는 그녀 앞에
"아이를 더 다독여 주세요."
"초등학교는 의무 교육이며 아이를 꼭 보내셔야 합니다."
라는 말 이외에 더 깊은 말을 하지 못하고 끊기를 여러 번.

명치 끝이 찌릿하며 체한 듯 답답하다.

아이는 그렇게 자주 교실에 없었다.

* *

그러나,
아이가 교실에 오는 날도 크게 다르지 않았다.

아이는

6학년 교실 속에서 키가 가장 큰 편에 속했지만
온종일 고개를 숙이고 잔뜩 웅크리고 있는 탓에
키가 어느 정도인지 가늠하기도 어려웠다.

체육 시간, 점심시간 뛰어다니고 웃고
말하고 싸우는 아이들 틈에
아이는 아무것도 하지 않았다.

웃지도 않고
뛰지도 않고
친구와 이야기하지도 않고
화내지도 않았다.

열세 살 아이의 눈빛에
기대감이나 호기심 같은 것은 보이지 않았다.
무슨 생각을 하는지 모를 지친 듯한 눈빛만
교실 속에 이질적으로 빛나고 있었다.

가까이 다가가 눈을 마주치며 "민수야!"라고 불러도
눈을 불안하게 양옆으로 굴리기만 할 뿐

'네' 한마디 대답을 못 한다.

입술은 달싹거리고 있는데 소리가 나지 않는다.
말 한마디를 위해 애쓰는 아이를 보며
길게 이야기를 이어가지 못하고
머리 한 번 쓰다듬고
나도 쓰디쓴 웃음을 보인다.

아주 드물게 친구들의 농담에
희미한 웃음을 보일 때는 그렇게 반갑고
어느 순간부터 다시 입을 다물고 웅크리기 시작하면
집에 무슨 일이 있을까 걱정이 되기도 하지만
마음을 터놓고 이야기하기는 어려웠다.

"민수야, 오늘 학교 끝나고 선생님이랑 맛있는 거 먹으러 갈래?"
용기를 내서 한 질문에도 대답하지 않던 아이가
어느 날 보일 듯 말 듯 끄덕여 준 고갯짓이
참 고마웠다.

너도 용기를 낸 것이리라.

**

학교 건너편에서 초록 버스를 타고 근처 역 주변 햄버거
가게에서
메뉴를 고르고 아이와 함께 햄버거를 먹었다.

결석한 날 교실에서 있었던 사소한 일들을
나 혼자
신나 이야기한다.
일부러 과장하여 더 신나게 이야기했다.
아이가 학교에 꼭 오고 싶고
친구들이 재미있게 지내는 그 틈에
한 발짝이라도 다가가고 싶다는 마음이 들기를 바라며.

간간이 보여주던 웃음과
크게 입을 벌려 햄버거를 베어 물던 그 모습이면
왠지 내일은 학교에 와서 웃어줄 것만 같고

'선생님' 하면서 먼저 말을 걸어줄 것만 같았다.

아직 가족에게서 벗어나 독립해 살 수 없지만
가족으로부터 충분히 보살핌을 받을 수 없는 그 아이.
사랑받아야 하는 여러 날 속에
사랑을 받는 것이 어떤 것인지 모를 그 아이를 위해
아무것도 해줄 수 없어 답답했던
어린 교사의 몸부림 같은 것이었다.

그렇게 몇 번의 햄버거 데이트가 있었다.
조용히 따라와 말없이 먹고
소리 없이 웃는 몇 번의 만남 후
아이는 졸업했다.

엄마, 아빠에, 가족 전체가
꽃을 들고 축하하러 오는 그 졸업식에도
아이는 결석했다.

이듬해,
스승의 날이라고 찾아온 졸업생 아이들 사이에도

그 아이는 없었고

반 친구들에게 슬며시 물어보니
중학교 생활도 그리 평탄해 보이지 않아 걱정되었다.

＊＊

아픈 손가락 같은 민수는
그 뒤로도 문득문득 떠오른다.

무엇이든 할 수 있고
무엇이든 해야 할 것 같은
3년 차 교사에게

과연 가정의 도움 없이 교사가 할 수 있는 일은 무엇일까?
교사의 역할에 대한 질문을 던져 준 아이이다.

그 질문은 늘 마음 한구석에 자리 잡아
어떨 때에는
아무것도 할 수 없을 것 같아 스스로를 답답하게 하기도 하고

한편으로는

그러니 나라도 알아봐 주는 것이면 족하지 않을까 하며

안위하게 하며

교사로서의 나를 끊임없이 되돌아보게 만들었다.

교사로서의 첫 고민과 질문을 안겨준 그 아이가

잘 자랐을까 문득 궁금해진다.

그리고 어렵고 힘든 상황에서도 잘 자랐길 바라본다.

박은선

아이들은 무한한 성장 가능성이 있다는 말은 진리다.

꼭 공부가 아니어도.

교실 안 아이들을 향한 '할 수 있다.'라는 교사의 믿음은

아이들의 마음속 깊이 스며든다

믿는 만큼 해내는 아이들

박은선

해마다 3월 2일,

아이들과 첫 만남 때 하는 단골 멘트가 있다.

공부 열심히 해라, 선생님 말씀 잘 들으라는 말이 아니다.

뻣뻣하게 굳어 있는 아이들을 움찔거리게 하는 말이다.

"우리 반은 체육대회 1등이다."

나는 체육대회에 목숨 건다.

우리 반이 공부 1등 하는 건 사실 별로,

오직 체육대회에 승부욕을 발동시킨다.

나는 체육 교사가 아니다.
운동 신경 없는 저질 몸을 가진 미술 교사이다.
카리스마가 있어 보이지도 않고
딱 봐도 운동과 거리가 멀다.

그런 내가 새 학년 첫날부터 '체육대회 우승'이라니,
아이들은 머리를 긁적인다.
그냥 하는 말이겠거니 넘어간다.

* *

체육대회는 가을에 한다.
나는 가을까지 기다리지 못한다.
봄에 하는 스포츠클럽에 열을 올린다.
그런 내 모습을 보고 아이들은 놀란다.

"첫날 하는 말이 장난이 아니었어?"

아이들은 의심하지만 시키는 대로 움직인다.
밑도 끝도 없는 담임선생님의 성화에

스포츠클럽에 온 힘을 쏟는다.

아이들의 개인별 운동 기량은 모른다.
반 편성 명단에는
아이들의 전년도 내신 성적만 있을 뿐.
각각의 운동 능력은 미지수다.
운동부 아이들이 편성되어 있지 않고서야
특별히 잘난 아이가 있는 건 보장하지 못한다.

그런데도 나는
아이들을 보자마자 확언한다.

'내가 맡은 반은 운동으로 1등 반이 될 거다.'

첫 만남의 예언은 8년 동안 유효했다.

지금까지 내가 맡았던 반은
스포츠클럽과 체육대회에서 놀라운 성과를 이뤘다.

그렇다고 특출나게 운동을 잘하는 아이들이 있지는 않았다.

그저 평범한 반이다.

그런 우리 반이 늘 우승을 하는 것이다.

초등학교 티를 채 벗지 못한 1학년 1반 우리 반 아이들이
떠오른다.
다른 반보다 키도 체구도 작았다.
책가방은 제대로 메고 다닐 수 있을지 의심될 정도로
마냥 어린이 같았다.

'첫날 괜히 호언장담했나?'
잠시 후회도 했다.

"쌤, 우리 반 애들은 다른 반보다 훨씬 약해요."
아이들조차도 의기소침해했다.
누가 봐도 제일 약체 반이었다.

그렇지만
결과적으로 학년에서 가장 작았던 아이들은
체육대회 우승을 거머쥐었다.

8년 동안 맡았던 반이 늘 우승을 했던 건
우연의 결과가 아니다.
아무리 축구선수가 있는 반도 축구 1등을 하지 못한다.
강호동 같은 씨름 선수가 있어도
줄다리기에서 우승하기란 쉽지 않다.
믿음이 없으면 말이다.

나는 아이들에게 골 넣는 법을 가르쳐주지 않는다.
힘쓰는 방법을 코치해 줄 능력도 없다.
그저 아이들에게 무한한 믿음의 말만 쏟아붓는다.
누구보다 목소리를 높인다.

"우리는 할 수 있어!"

* *

심리학에 '로젠탈 효과*Rosental Effect*'라는 것이 있다.
교사의 긍정적 기대가 학생의 부응 심리를 높인다는
이론이다.
하버드 대학교 심리학과 교수인 로버트 로젠탈 교수는

1963년 미국의 초등학생을 대상으로 실험을 진행했다.

지능 검사 후,
검사 결과와 상관없이 학생 중 20%를 무작위로 뽑아
담임선생님에게
이 학생들은 지능 점수가 높으니
학업 결과가 좋을 것이라고 했다.

8개월 후 결과는 놀라웠다.
이 학생들의 성적은 향상되었고 지능 점수도 높아졌다.
선생님은 학생들에게 긍정적 편견으로
열정을 다해 가르쳤고 낙관적으로 평가했다.
이러한 선생님의 마음과 행동은
학생들의 성장에 긍정적으로 작용했다.

이 실험은 교사의 칭찬과 기대가 학생들에게
긍정적인 영향을 미친다는 것을 보여준다.
선생님이 학생을 믿으면
학생들은 그 기대에 부응하려고 열심히 노력한다.
노력의 결과로

학업 성적이 향상되고 머리도 좋아지는 것이다.

* *

아이들은 믿는 만큼 해낸다.

사실 공부도 잘 해내리라 믿고 있지만,
중·고등학생들은 단기간에 가시적인 성과를 보기 어렵다.

그래서 내가 학교에서 선택한 믿음의 영역은 운동이다.
반별 대항으로 하는 운동인 스포츠클럽, 체육대회 말이다.

운동은
협동심이 없으면 절대 안 된다.
선생님의 우직한 믿음은
아이들의 협동심, 자신감을 이끌고 지구력, 근력을 높인다.
내가 신뢰하는 만큼 아이들은 성과를 보여준다.
신기할 정도로.

조그맣고 연약했던 중1 아이들은 자기 평가에 객관적이었다.

하지만 열정만은 밀리지 않았다.
선생님의 막무가내로 몰아붙이는 '할 수 있다'는 신념 아래
스스로를 강인하게 담금질했다.

누군가는 유튜브에서 줄다리기 잘하는 법을 분석했다.
다른 누군가는 줄다리기 전략을 세웠다.
아이들 모두 쉬는 시간마다 연습했다.
서는 위치, 줄을 당기는 위치 등
전문가 못지않게 치밀한 계획 아래 일사불란하게 움직였다.

누구 하나 빼거나 빠지지 않았다.
줄다리기 예선에서 하나가 된 아이들은
자신들보다 훨씬 덩치가 큰 상대 아이들도 모두 넘어뜨렸다.
결승은 두말하면 잔소리다.

점심을 빠르게 먹은 후에는 모두 모여 팔자 줄넘기 연습을 했다.
줄넘기를 넘고 또 넘었다.
아이들은 연습할수록 들어가고 빠지는 리듬을
기가 막히게 몸에 익혔다.
넘어지는 친구가 있으면, 괜찮다고 서로 격려했다.

줄넘기를 뛰지 않는 아이들도
"1반이 우승!"
을 외치며 목청껏 응원했다.

운동을 하면서 아이들은 똘똘 뭉쳤다.
그때마다 나는 아이들 옆을 지켰다.
BTS라도 앞에 있는 것처럼
아이들의 열성 팬이 되어 미친 듯이 소리를 질렀다.

잘하고 있다고, 잘할 수 있다고 믿었다.

* *

해마다 최고의 아이들을 만났다.
아이들은 무한한 성장 가능성이 있다는 말은 진리다.

꼭 공부가 아니어도.
교실 안 아이들을 향한 '할 수 있다.'라는 교사의 믿음은
아이들의 마음속 깊이 스며든다.

아이들 스스로 본인의 유능함을 믿는다.
자신을 북돋으며 잠재력을 발전시킨다.
도저히 할 수 없는 일도 도전한다.

교사도
아이들을 믿는 만큼
교사로서 역량을 십분 발휘한다.
아이들은 선생님이 믿는 만큼 자란다.

종업식 날, 체육 선생님보다 더 체육 활동에 진심인
미술 선생님과 1년을 보낸 아이들은 말한다.

"우리 반이 최고예요! 우리 반이라서 행복했어요."

최유란

•
•

교사라는 직업은

매년 학생들을 만나고 흘려보내고,

다시 새로운 학생들을 만나는 것이다.

시간이 흐르면 스쳐 지나가지만,

그 스쳐 지나감 속에서

서로에게 조금씩 흔적을 남기는 그런 존재다.

수학을 혐오하는 학생에게 수학을 가르친다는 것

최유란

매년 돌아오는 3월 수학 첫 시간.
자신의 수학은 '무엇'인지 말하게 한다.

삐딱한 자세와
그보다 더 삐딱한 시선으로 나를 보던 학생이 말한다.

"수학요? 불이요. 불 질러버리고 싶어서요."

수학을 혐오한다는 중학교 1학년 남학생.

거기서 나는 1년간 수학 수업을 해야 한다.
크게 마음먹고, 잘 해봐야지 생각하는 나를
다양한 방법으로 좌절시킨다.

담임선생님과의 상담에서도
“수학에 대한 혐오감”을 드러냈단다.
그 이야기를 전해 들으니,
그것이 꼭 내 탓인 것만 같아 마음이 무겁다.

내가 할 수 있는 것은 해 보자는 마음으로
매시간 교실의 문을 연다.
그 학생의 이름도 부른다.
다른 친구들 이름을 부르는 딱 그만큼 챙겨 부른다.

4월이 되면서
수업 태도는 점점 안 좋아졌다.
엎드려 있으면 바로 앉으라고 하고,
학습지가 없으면 잘 챙기라고 하고,
가위를 돌리고 있으면 하지 말라고 했다.

발표를 시켜도 묵묵부답이거나
칠판 앞으로 나오지 않았고,
저번 시간에 배운 내용을 이야기해 보라고 해도
그저 모른다고만 했다.

어떤 노력도 하지 않겠다는 자세였다.

자신의 태도에도 아랑곳하지 않고,
자신을 다른 친구들과 똑같이 대하는 내가 이상했는지,
하루는 수업 중에 나에게 묻는다.

"선생님은 왜 수학 선생님이에요? 역사 선생님 하지!"

꽤 거칠게 말했지만, 기분은 나쁘지 않다.
그 질문에서 희망을 보았다.

* *

5월에 그 학생의 담임선생님과 이야기했다.
담임선생님이 이 학생을 불러서 상담하셨단다.
담임선생님의 이야기를 들은 후에 이 학생의 첫마디가
"수학 선생님도 그렇게 말했나요?"였단다.

처음에 수학을 혐오한다던 학생이 왜 이 상황에
수학 선생님도 그렇게 말했냐고 물은 것인지 의아해서

나한테 말씀하신 거였다.

그때 알았다.

본인은 수학 시간에 노력하고 있는 거였다.
엎드리지 말라고 하면 바로 앉는 시늉이라도 했고,
무슨 말인지는 몰라도 칠판을 보고 있었던 거다.

알고 봤더니 다른 시간에는
아예 엎드려서 일어나지도 않았다고 한다.
아니면 작정하고 수업 분위기를 흐리거나.

그렇게 여름방학을 맞이했고,
2학기가 되어서 아이의 달라진 모습을 보았다.

1학기에 배우는 수학 내용은 연산 부분이 많아서
초등학생 때 수학을 공부하지 않으면 어렵게 느껴진다.

그러나 2학기에 배우는 수학은 도형 부분이라
초등학교 수학에 결손이 있더라도

어렵지 않게 이해할 수 있다.

수업에 참여하기 시작했다.
모르는 내용은 친구에게 물었다.
그 순간을 놓치지 않았다.

친구에게 질문하는 그 모습을 보고,
"와~ 우리 ○○이가 질문을 하는구나!
수학 시간에 질문을 했어!
선생님 진짜 감동했어!"라고 말했다.

반 친구들도
"오~ ○○이 대단한데!"
긍정적인 반응을 보였다.

그 반응에 기분 좋았나 보다.
그 뒤로도 친구에게 질문하는 모습을 자주 보였다.

* *

1학기 때 모둠에서 프로젝트를 발표했다.
이 학생은 모둠 활동에 전혀 참여하지 않았다.
모둠 친구들이 같이 안 하고 싶다고 했다.
이 학생도 발표 날짜가 다가오니
모둠에서 빠지면 안 되냐고,
교무실에 찾아와서 계속 말했다.

겨우 달래서 발표에 참여는 했지만,
딱 거기까지였다.

* *

2학기에는 말하기 평가를 했다.
개인 발표였다.

사전에 문제를 제시했다.
'상, 중, 하' 난이도를 뽑아서
친구들에게 설명하는 방식이었다.

발표하기 전날 교무실로 찾아왔다.

'아, 또 발표 못 한다고 하려나 보다.'라고 생각했다.

갑자기 노트를 내밀었다.
자신이 풀 문제를 나에게 설명했다.
이렇게 설명하면 되냐고 묻는다.
보충하면 좋겠는 부분을 이야기하니
그 부분은 어려워서 못 하겠단다.
할 수 있는 만큼만 하면 된다고 했다.
알겠다고 고개를 끄덕이며 교실로 돌아갔다.

말하기 발표 시간에 그 학생이 앞으로 나왔다.
분필을 잡았다.
작은 목소리로,
그러나 힘 있게 발표를 시작했다.

반 친구들은 어떤 소리도 내지 않고 집중했다.
시간 제한 3분.
2분이 조금 넘었을 즈음에 발표를 끝냈다.
다 같이 박수를 쳤다.

학생이 발표하는 모습을 사진도 한 장 찍었다.
문제 푸는 뒷모습을 보고 있으니,
이 변화 모습을 간직해야겠다 싶었다.
절대 수학 공부는 하지 않을 거라고 하던 학생이
몇 개월 만에 친구들 앞에서 수학 문제를 푸는 모습이라니!

누군가는
"그게 뭐 어떻다고? 이게 그렇게 유난을 떨 일인가?" 할 수도 있다.
그러나 이 장면은
내 마음속 카메라 셔터가 눌러져서
교직 생활을 하는 중에 두고두고 힘이 될 듯하다.

* *

1년의 마지막 수학 시간.
익명으로 수학 수업에 대한 생각을 써보라고 했다.

글을 읽다가 종이 한 장에서 시선이 멈추었다.
읽어보니 그 아이가 쓴 내용인 것 같다.
네가 쓴 거냐고 물어보니 그렇다고 한다.

"수업 시간에 항상 엎드려 있던 나를 깨어있게 하고 발언할 수 있게 하고 안경을 끼고 칠판을 바라보게 만든 건 수학 선생님 덕분이라고 생각해요. 훗날 성인이 되고 죽을 날이 다가와도 선생님을 잊지 못할 거예요. 선생님의 지속적인 관심 덕에 제가 이렇게 성장할 수 있었던 것 같아요. 진심으로 감사해요. 커서 다시 만날 수 있었으면 좋겠어요."

담임선생님께 이 글을 보여드렸다.
"○○이가 이런 글도 쓸 수 있나요?"
물었다.

이 아이가 이 글을 쓰고
겨울방학이 되어서 이 마음을 잊어도 괜찮다.

살아가면서 '수학'이라는 말을 들었을 때,
잠시나마 이런 생각을 했던 것이
자신의 마음에 흔적으로 남았다면
그것으로 충분하다.

수학 시간에 스스로 무엇인가를 한 이 경험으로 인해

더 이상 수학을 혐오한다는 말은 안 하지 않을까, 하는 그런 마음.
나의 이 마음이 전달되길 바란다.

나 역시 이 아이에게서 받은 에너지로
다음 해에 만나는 학생들에게
수학의 기쁨을 전할 수 있을 것이다.

교사라는 직업은
매년 학생들을 만나고 흘려보내고,
다시 새로운 학생들을 만나는 것이다.
시간이 흐르면 스쳐 지나가지만,
그 스쳐 지나감 속에서
서로에게 조금씩 흔적을 남기는 그런 존재다.

너도 내게
나도 네게
작은 흔적을 남기기를 바라본다.

김문영

•
•

기대하지도 않았던 경험들이 나에게 선물을 줄 때면

운명론자처럼 매 순간들이 나에게 기회를 주고 있다는 생각이 든다.

이런 삶을 대하는 자세도

가르쳐주려 하셨던 건 아닐까?

나의 첫 사랑, 나의 첫 학교

김문영

"안녕하세요, 김문영 선생님이신가요?"
낯선 번호와의 통화에서 들려온 내 이름에 대한 거부감도 잠시,
"선생님"이라는 말에 심장은 두근거렸다.

'선생님이라니…'
서울로의 시험, 스터디 그룹과의 면접 준비,
합격의 기쁨, 3월 1일자의 발령 소식…
누구보다 열심히 살았고,
숨가쁘게 달려왔던 교대 생활의 결실을 맺는 듯했다.

전화를 주신 분은 바로 김○○ 교감 선생님
다음 날이 임명장을 받고 발령받는 학교가 발표되는
날이었지만

미리 전화를 주셨다고 하셨다.

“우리 학교는 아주 작은 학교여서
서울에 있지만 서울이 아닌 것처럼
인심을 느낄 수 있고
아이들이 커가는 것에 보람도 느낄 수 있는 그런 학교예요.
물론 일은 많을 겁니다.
그래도 너무 좋은 학교에 발령받은 것을 축하해주러
미리 전화를 걸었어요. 허허허….”

수화기 너머로 들려오는 푸근한 목소리.
‘작은 학교’에 대한 개념조차 없는 햇병아리 초임교사에게
일이 많다는 것이 대수랴.
이 한 몸 다 바쳐 열심히 아이들을 가르치고
학교 일도 열심히 배우겠다고
선서와 같은 대답을 하고
교감 선생님과의 첫 통화를 마쳤다.

**

'작은 학교'

나의 첫 학교는

구불구불 오르막길을 올라가다가

한 번 정도는 쉬고 가야 하는

오르막길 꼭대기에 위치해 있었다.

'서울에 있지만 서울이 아닌 것' 같다는 교감 선생님의 말씀이

딱 이해가 가는 곳이었다.

학교 뒷산에서 멧돼지가 나와 학교장 재량으로 일찍 학교가

끝나기도 하고

눈이 많이 오기 시작하면

퇴근 시간 전에 집에 보내주시기도 하고

봄날 아이들과 화전을 해 먹으러

진달래꽃을 따러 가기도 했던 곳.

나의 첫 교직생활은 이곳에서 시작되었다.

"5학년 2반 담임 선생님"

아이들과의 첫 대면 때는 무섭게,

아이들과의 기싸움에서 밀리면 안 되고,

첫 학부모 총회 때에도 신규 교사인 것을 들키면 안 되고 등등

선배님들이 유의해야 될 많은 것들을 알려주셨지만

긴장감 가득한 나와는 달리
내 얼굴을 보려고, 내 이야기를 제대로 들으려고
얼굴을 책상 양옆으로 쭉 내밀고 있던
5학년 2반 아이들의 모습에
뭘 이렇게 계산하고 걱정했었나
스르르 긴장이 풀렸던,
내 첫 사랑들과의, 첫 만남은
영화의 한 컷처럼 내 뇌리에 박혀 있다.

"날이 좋아서, 날이 좋지 않아서, 날이 적당해서, 모든 날이 좋았다."
도깨비의 대사처럼
이 아이들과의 모든 계절이 좋았다.
놀토가 있던 시절
학교에 가는 토요일마다
우리 아이들과 어떤 추억들을 만들까 고민했던 시간.
같이 음식을 만들어 먹고
전사지에 다리미질 하며 우리 반 반티를 수작업으로
만들어보기도 하고
교과를 융합해서 연극놀이도 하고

다 같이 지하철을 타고 올림픽 공원에 그림 그리러도 가고
서울의 박물관들을 함께 누볐던 시간….
지금 생각하면
어떻게 저 활동들이 가능했었지?
의아스럽기도 하다.

그때는 SNS 같은 것이 없었던 때라
졸업할 때는 함께 펑펑 울며
10주년이 되는 해 학교 운동장에서 다 같이 만나자고 약속도
했더랬는데…
그 사이 학교에는 '보안관 선생님'이 근무하시게 되면서
학교 운동장에서의 반 전체 재회는 아쉽게도 성사되지 못했다.

내 결혼식에서
콜라를 양 주머니에 넣고 뛰어다니던 아이들이
이제는 함께 늙어가는 처지가 되어
"에이, 선생님
이제는 저희가 사야죠. 같이 늙어가는 사이에…."
라며 함께 맥주 한 잔 기울이는 사이가 된
내 첫 사랑 아이들.

* *

돌이켜 생각해보면
그 모든 활동들이 가능했던 것은
나의 열정 때문만은 아니었던 것 같다.
어쩌면 가진 것은 "열정" 하나뿐이었을 풋내기 초임 교사에게
무한한 지지와 믿음을 보내주셨던 학부모님들과 교감 선생님.

"이것은 제가 할 일이 아닙니다."
라는 말을 전혀 하지 못했던 나는
교감 선생님이 주시는 많은 일들을 해내어 갔다.
교육력 제고 위원, 교육청 영재교육원 강사 및 채점 위원, 영어 교사지원단 활동, 영어 교실 선진화 사업 담당, 수업 발표 대회 참여에 초등 ICT 위원회 총무 역할, 강의, 교과서 집필까지….
정말 화장실 갈 시간조차 없어서
퇴근 시간까지 분초를 아껴가며 일했던 기억들.

수업 연구하랴
학년 업무하랴
교감 선생님께서 계속 던져주시는 일감들을 해치우랴

정말 바쁘게 지내온 학교생활.
그 과정에서 나는 정말 많이 성장해갔다.
작게는 한글 문서 다루는 능력부터
보고서를 작성하는 방법
선생님들을 대상으로 강의하는 방법
여러 교장, 교감 선생님을 대하는 자세까지.

초임이 하기에는 제법 묵직한 일들을 맡게 되면서
그 기대감에 부담도 느끼고
새로운 일을 할 때마다
과연 나의 한계는 어디까지일까를 시험했던 시간들.

이 시간들을 견디며
깨달았던 점은
'무엇이든 배우라. 언젠가는 써먹게 될 테니.'

당장은 내 업무와 상관없고
이거 해서 뭐에 쓰나 싶었던 일들이
나의 자산이 되었다.
그때 배우며 익혔던 것들이

머리에 남아 새로운 콘텐츠를 만드는 바탕이 되었고
손에 남아 새로운 수업 자료들을 만드는 기술이 되었다.
또 새로운 일을 해나감에 두려움이 없고
다양한 분야에 도전할 수 있는
기본 마음가짐도 갖추게 되었으니
참 많이도 배웠던 시간이었구나 싶다.
당장은 손해 보는 것 같아도
결국 그것이 나에게 돌아오니
헛된 시간을 보낸 것이 아님을 매번 느낀다.
삶을 살아가는 것도 같지 않을까?
기대하지도 않았던 경험들이 나에게 선물을 줄 때면
운명론자처럼 매 순간들이
나에게 기회를 주고 있다는 생각이 든다.
이런 삶을 대하는 자세도 가르쳐주려 하셨던 건 아닐까?

인생 선배님으로서
교사 선배님으로서
나의 성장을 기대하고
가르쳐주시고 이끌어주셨던 교감 선생님.

그것은 비단 가르침만이 아니었다.

일을 하면서

학교와 집만을 오가는 내게

짝을 찾아주시려고 부단히 노력해주셨던…

(이제 와 하는 말이지만

그때 현재의 남편과 장거리 연애 중이었다.^^)

나에게는 정말 부모님 같은 은사님이셨다.

마음 써주심에 진심이 느껴져

열심히 모든 일에 임했고

나 또한 진심을 다했다.

* *

물론 '작은 학교'의 특성상

힘든 일이 없었다면 거짓말이다.

사람이 워낙 적었기 때문에

알고 싶지 않아도 서로에 대해 너무 많은 것을 알게 된다.

좋게 말하면 가족 같은 분위기,

나쁘게 말하면 괜한 구설수에 휘말리기 좋은 분위기.

내가 하지도 않은 말을, 그 자리에 있었다는 이유로
그 말을 하고 다닌 사람이 되어 있었던 적도 있고
다들 안하려던 일을 떠맡게 되었지만 그래도 열심히 해 보려고
했던 것이 오히려 욕심 많은 사람으로 평가받기도 하고
우리 편에 서 달라 양쪽의 얘기를 들으며
중간에서 힘들어했던 적도 있고
불만 많은 사람의 감정 쓰레기통이 되어 정작 내 감정을
들여다보지 못한 적도 있었다.

마음고생도 많이 했지만
그 또한 내게 가르침을 준 시간이었다.
남을 자주 헐뜯거나 불만이 많은 사람은 걸러야 하고
사회에는 정말 많은 부류의 사람들이 있으며
다 내 마음 같지 않다는 것.
나와 결이 다른 사람과도 함께 생활해가야 하고
내가 상처받지 않게, 현명하게 그들과의 관계를 유지하는 것.
인간관계를 배우고 사회생활의 경험치도 쌓아 갔다.
그리고 결국 내 사람들이 남았다.

방학이 되면

항상 첫 학교에서 남은 내 사람들과 만남이 이어지고
아무리 바빠도 5월에는 나의 첫 사랑들과 내 은사님과의
만남도 계속되고 있다.

정말 '한여름 밤의 꿈' 같았던 나의 첫 학교.
개인적인 이유로 지금은 교직을 나와 있지만
"교직 생활"이 행복한 색깔로 기억되고
학교 밖에서 다양한 일들을 해갈 수 있는 것도
내게 왔던 그들 덕분인 것 같다.
언제나 행복하게 꺼내볼
나의 첫 학교, 나의 첫 사랑, 나의 첫 은사님.

진향숙

수업의 목표는 언제나 '아이들의 성장'에 있다.

그 하나의 목표를 향해 모두가 함께 손잡고 달려간다.

한 시간 한 시간의 알찬 수업을 위한 모두의 진심이 묻어난다.

내게 온溫 사람

진향숙

1

아이들이 사라졌다.

"어머니,
경민이가 음악 교과 수업에 들어가지 않았다고 연락이
왔어요.
학교로 잠시 와주셔야 할 것 같아요."

교실 문을 열고 아이 둘을 찾아 나섰다.
'운동장 구석이나 뒤뜰에서 놀고 있겠지.'
다른 반 아이들로 꽉 찬 운동장, 뒤뜰, 복도, 급식실.
나에겐 모두 텅 빈 공간이나 다름없었다.
한 군데, 한 군데 지날 때마다

희망의 끄나풀을 놓지 않았지만
점점 맥이 풀려만 갔다.

3교시 시작종이 울렸다.
아직 두 자리가 비어 있었다.
버선발로 달려온 어머니들은 아이들을 찾아 나섰다.

나에게는 30명의 아이들이 더 있었다.
그러나 교과서가 눈에 들어오지 않았다.
아이들의 발표도 들리지 않았다.
온 신경이 바깥으로 흩어져 버렸다.
정신 차려야 한다.
흩어진 마음을 억지로 쓸어 담아 칠판 앞에 섰다.

교실 뒷문이 스르륵 열렸다.
두 아이가 돌아왔다.
복도에는 두 어머니께서 서 계셨다.

"뒷산에서 아이들을 찾았어요.
선생님, 죄송합니다."

다리가 탁 풀렸다.

아이들을 찾은 안도감인지,

상대의 사과에 대한 안도감인지.

아마 둘 다였겠지.

아이를 잃어버렸다는

나를 향한 매서운 칼날이 날아들까

불안했던 마음을 내려놓았다.

경계 해제.

"어머님도 많이 놀라셨지요? 찾아서 다행입니다. 얼마나 걱정했는지 모릅니다."

"아이들 호되게 혼내주세요."

"아이들과 이야기 나눠보겠습니다."

아이들은 끝내 그 이유를 말하지 않았다.

그 후에도 잊힐 때쯤이면 음악 수업에 가지 않았다.

그때마다 어머니들께 연락드렸다.

나의 교직 생활에도 '엄마'가 있었다.

'엄마 선생님'
언제나 마음을 다해 이야기를 들어주시고,
어떤 일이 생겨도 든든한 내 편이 되어주는 우리 엄마.

엄마 선생님도 그랬다.
초중고 입시 공부 12년, 대학 공부 4년,
공부만 하다 갓 졸업한 초임 교사에게 학교생활은
일일이 나열하기도 힘들 만큼
우여곡절이 많다.

눈물 바람을 휘날리는 날이면
나는 엄마 선생님을 찾았다.
방전된 배터리에 충전 선을 연결하듯이.

"남자아이 2명이 교과 시간에 수업을 자꾸 빼먹어요.
어떻게 해야 돼요?"
"아이고, 고놈들. 진 선생이 마음고생이 심하겠구나."
내 마음을 먼저 살펴주시는 '엄마 선생님'.

초임 시절,

매일매일 만나고 부딪히며 지척에 있는
선배 선생님들이 많았지만
각자의 교실에서 바쁘게 돌아가는 학교생활에서
나의 어려움을 나눌 선배 교사는 없었다.

나의 어려움을 이야기하면,
아이들을 다잡지 못한다며 나를 비판하거나
아이들을 휘어잡을 능력이 없는 무능한 교사쯤으로 여겼다.

“애들한테 너무 그렇게 휘둘리지 마.”
“적당히 친절하게 해야지. 애들이 하자는 대로 다 해주니, 원.”

나의 어려움은 해결하지 못한 채
마음에 하나둘씩 자물쇠가 채워졌다.

휴일을 기다렸다.
방학을 기다렸다.
해가 바뀌기를 기다렸다.
그러면서 나도 조금씩 변했다.
안으로 안으로 침잠했다.

그대로 가라앉기만을 기다린 것은 아니었다.
물장구도 열심히 쳐봤다.
우연히 같은 학교 선생님을 따라갔던 연구회 모임,
나에게는 구명 튜브였다.

모임에 계셨던 엄마 선생님 덕분이었다.
매주 목요일,
엄마 선생님이라는
대나무 숲에 대고
일주일간 덕지덕지 붙은 해묵은 감정들을 싹 씻어낼 수 있었다.
나는 어렵사리 교직에 서서히 뿌리를 내렸다.

교사는
각자의 교실에서 하루 일과의 대부분을
혼자 책임져야만 한다.

아직 어른이라는 이름도 서투른
24살의 교사는
교실에서 전지전능한 신이 되기를 강요받는다.

나에게 어떤 어려움이 있는지 아무도 알지 못한다.
알고 싶어 하지도 않는다.

혼자 어려움을 적립해 나간다.
적립된 무게는 점점 더 무거워진다는 것을
스스로 깨닫지도 못한 채로.

내 마음은 아직 신규 교사인데
몇몇 선생님들은 보직도 없는 나에게
'부장님'이라 부른다.
거뭇거뭇한 기미와 팔자주름은
지난 세월의 흔적으로 남았다.
내 초임 시절 엄마 선생님만큼 나이를 먹어간다.

나도 누군가의 '엄마 선생님'이 될 수 있기를 바라며.

2

'왜 또 모이라는 거야.'
올해 발령받은 학교는 시도 때도 없이 모인다.

교육과정 짠다고 모이고,
수업 준비한다고 모이고,
수업 성장의 날이라고 모이고,
연수한다고 모이고.

오늘은 다음 달에 있을 동료 장학 수업 준비로 모인다.

모이고, 또 모이고,
또 모이는 학교.

"공개 수업, 어느 차시로 수업하실지 고민해 보셨어요?"
"4학년 아이들 표현 단원 수업을 할까 해요."
"수업을 어떤 식으로 하면 좋을까요? 혹시 생각해놓은 거 있으세요?"
"4학년 아이들이 지역 문화에 대해서 배우고 있으니까 지역 문화재를 신체 활동으로 표현하는 수업을 해 볼까 해요."

“좋은데요? 4학년 아이들 모둠별로 지역 문화재를 조사하고 만든 조형물도 있거든요. 그걸 활용해서 전시도 하면서 신체 활동으로 표현해보는 걸로 하면 좋을 것 같은데요?”

신기하다.
공개 수업이 혼자만의 고민거리가 아니다.
수업 전문가 선생님이 개개인의 수업 설계를 함께 고민해 주다니!

대외 공개 수업 준비의 일환인 동료장학.
수업 준비 과정에서
다른 선생님들의 도움도 적극적으로 받을 수 있다.

“오늘은 우리가 모둠별로 조사한 지역 문화재를 신체 활동으로 표현해볼 거예요.”

교장, 교감, 연구부장, 교무부장 선생님.

네 분의 눈빛은
스포트라이트가 되어 나를 향해 쏟아졌다.

두 손을 겹쳐 가운데 공손하게 모으고
온몸의 떨림을 애써 감추려 했지만
덜덜 떨리는 목소리는 감추지 못했다.

훌라후프, 공, 리본을 나눠 들고
아이들은 모둠별로 흩어졌다.

휴…
드디어 아이들의 시간이다.
반은 끝난 셈이다.
모둠을 돌아보자.

“첫 번째 동작은 몇 번 할 거야?”

참관하시던 분들도 한 모둠씩 맡아 지도 중이었다.
떨리던 손이 안정되기 시작했다.
나만 보여주는 공개 수업이 아니라 모두가 함께 만들어 가는
수업.
수업자도, 참관인도, 아이들도.

"오늘 배운 것은 PMI로 정리해볼까요? P, Plus, 좋았던 점, M, Minus, 아쉬웠던 점, I, Interesting, 재미있었던 점이 있으면 이야기 나누어 봅시다."
"저는 P 좋았던 점인데요. 오늘 활동을 통해서 탐구 기능
중에 의사소통 기능을 기를 수 있어서 좋았습니다."

아이들의 수업 성찰에서 목표로 했던 학습 기술이 제대로
언급되었다.
모두의 도움으로 수업은 성공적으로 끝났다.

공개 수업은 수업자가 모든 것을 보여줘야 한다는 부담감.
참관자는 참관만 한다는 선입견.
이 모든 것을 깨뜨려준 수업이었다.

평가와 지적을 위한 공개 수업이 아닌
'성장'을 위한 공개 수업.

수업의 목표는 언제나 '아이들의 성장'에 있다.
그 하나의 목표를 향해 모두가 함께 손잡고 달려간다.
한 시간 한 시간의 알찬 수업을 위한 모두의 진심이 묻어난다.

그것이 비록 공개 수업이라고 할지라도.

모두가 하나 된,

참 따뜻한 공개 수업이었다.

에필로그

『내게 온 사람』의 작업이 끝났습니다.

'책쓰샘'은 책을 쓰는 선생님들 모임입니다. 다양한 영역의 책을 쓰는 우리들이, 막상 우리들의 이야기는 별로 하지 않았다는 생각이 들었습니다.

우리들의 이야기를 세상에 내놓자고 했고, 내게 온 사람, 나를 ON 해 준 사람은 누구일까에 대해 책으로 써 보기로 했습니다. 생각해 보면 지금의 나를 만든 사람은 누구에게나 있습니다. 그들의 이야기와 그들이 내 삶에서 어떻게 ON 되었는지 이야기를 모으면 재미있는 이야기가 될 것 같았습니다. 선생님들 모두 기꺼이 자기 삶의 일부분을 글로 담았습니다.

제가 그 취합을 맡았습니다. 글마다 글쓴이의 개성이 드러났습니다. 오밀조밀하게 조금씩은 다르지만 또 비슷한 모습으로 글이 모였습니다. 한 사람이 책 한 권을 쓰는 것도 좋지만, 이렇게 여러 사람의 다양한 글로 책 한 권을 쓰는 것도 좋겠다는 생각이 들었습니다. 다들 다른 삶을 살아온 만큼 이야기의 폭이 다채로워졌습니다.

선생님들의 글에서 '우리 삶에 누군가 와준다는 것은 참으로 소중한 일이구나, 그것이 누군가의 삶의 방향을 바꿀 수도 있는 엄청난 일이구나.' 하는 생각이 들었습니다.

내게 온 사람들도 다 다르고, 그 사람들을 만난 계기도 다양했습니다. 우리 몇 명이 이럴진대 세상에는 얼마나 더 많은 '온 사람'들이 있을까요. 또 얼마나 많은 소중한 '온 사람'이 있을까요?

특히, 교사들은 매년 수많은 인연을 만납니다. 매년 다른 인연이 오고 갑니다. 모든 인연이 아름다울 수만은 없겠지만 의미 없는 인연도 없습니다. 교사에게도, 학생에게도, 학부모에게도 누구에게든 긍정적이든 부정적이든 소중한 의미가 됩니다. 저도 학생이나 학부모님에게 어떤 기억으로 다가갔을지 좀 더 노력해야겠다는 다짐을 해봅니다.

여러분 인생에서 ON 사람은 누구인가요? 그리고 여러분은 누구에게 ON 사람이 되었나요?

부디 이 책을 통해 여러분에게 ON 사람이 누구인지, 여러분은 누구에게 ON 사람이 될지를 생각해보는 소중한 시간이 되었으면 좋겠습니다.

책쓰샘 이사 및 교육팀장

배혜림 드림